내일의 나를 부탁해

내일의 나를 부탁해

송영선 지음

다산
에듀

요즘 아이들은 어른보다 더 바쁘다고 합니다. 학교 수업만으로도 모자라, 학원이다 과외다 해서 늘 시간에 쫓겨 다니지요. 그런데 정작 무엇을 위해 그토록 열심히 공부해야 하는지, 아이와 진지하게 대화해 보신 적이 있으십니까?

저는 그 동안 상담과 컨설팅을 통해 공부와 미래에 대해 고민하는 수많은 학생들을 만났습니다. 그들이 가진 고민의 크기나 종류는 저마다 달랐지만, 많은 사례에서 한 가지 공통점을 발견할 수 있었습니다. 대부분의 아이들이 꿈이나 목표도 없이, 그저 부모님이 시키는 대로만 공부한다는 사실입니다.

몇 년 전부터 입학사정관제가 우리 교육계를 뜨겁게 달구고 있지요. 아직은 도입 단계이기 때문에 그 방향이나 효과에 대해서 여러 가지 논란이 있지만, 앞으로의 입시제도에서 그 비중이 점차 확대될 것이라는 점만은 확실합니다. 이미 서울대학교를 비롯한 상위권 대학의 상당수가 이 제도를 활용하고 있거나, 도입을 적극 검토하고 있습니다. 입학사정관제에서 학생들을 평가할 때 가장 중요하게 보는 것은 바로 '자신만의 비전과 열정'입니다. 즉 명확한 목표를 가지고 그것을 이루기 위해 얼마나 준비해 왔는지를 평가하는 것이지요. 따라서 청소년기에 자신의 목표를 정하고 구체적으로 준비해 나가는 것이 무엇보다 중요해졌습니다. 진로적성교육이 필요한 것도 바로 그 때문입니다.

이제 단순히 시험 성적만으로 학생을 뽑던 시대는 끝나가고 있습니다. 그런데 아직도 예전의 교육방식을 벗어나지 못하고, 무조건적인 공부만을 강요하는 부모님들이 의외로 많은 것 같아 안타깝습니다. 그리고 한편으로는 교육 전문가의 한 사람으로서 막중한 책임 의식을 느낍니다.

이 책은 그런 책임 의식에서 비롯된 결과물입니다. 자녀의 교육 문제로 고민하는 부모님들이 입학사정관제와 진로교육의 취지를 보다 쉽게 이해하고 준비할 수 있도록 소설 형식으로 썼습니다. 뚜렷한 목표 없이 공부에 끌려가는 자녀와 함께 읽어 보시기를 권합니다. 공부에 대한 열의는 '왜 공부해야 하는지'를 알 때 비로소 생겨납니다. 진로적성교육으로 자신의 꿈을 발견하고 공부에 대한 열의를 다져나가는 다섯 아이들의 이야기를 통해 우리 모두가 진로적성교육의 중요성을 다시 한 번 생각해 보았으면 합니다.

2011년 송영선

차례

머리말 • 4

1부 ┃ 위기는 기회를 위한 준비단계다

새 바람이 부는 교정 • 10

젊은 인재의 등장 • 21

첫 만남 • 32

진로상담이 뭐예요? • 43

TIP ▶ 입학사정관제 _ 다양성을 존중하는 새로운 교육

2부 ┃ 미래를 향한 여정을 시작하다

진짜 하고 싶은 일 찾기 _ 1단계 적성탐색 • 56

꼭 의사가 되어야 하나요? _ 진수 이야기 • 64

운동이라면 자신 있어 _ 정혁 이야기 • 72

엄마의 요리처럼 향기로운 꿈 _ 진영 이야기 • 76

오디션 VS 공부 _ 다혜 이야기 • 83

엄친아의 고민 _ 동재 이야기 • 81

TIP ▶ 인생에도 내비게이션이 필요하다

꿈에 이르는 지름길 _ 2단계 진로설계 • 91

롤모델을 만나라 • 101

생소한 과제물 • 113

겁먹지 않기 • 123

모두에게 너를 보여줘 • 128

혼자서는 갈 수 없다 • 135

TIP 진로설계지도는 학교에서부터

꿈은 다듬을수록 빛나는 보석 같은 것 _ 3단계 진로상담 • 146

꿈은 스스로 노력하는 자의 몫이다 • 150

3부 | 꿈은 이루어진다

최선을 다했다면 최고가 아니어도 괜찮아 • 158

운명의 날 _ 4단계 모의평가 • 166

또 다른 도전 • 173

에필로그 | 미래로 가는 꿈길 • 189

제1부

위기는
기회를 위한
준비단계다

새 바람이 부는 교정

텅 빈 교정에 세찬 봄바람이 불고 있었다.

울타리 하나를 사이에 두고 초등학교와 중학교를 운영하는 사립학교 약진재단은 갑작스런 이사장의 교체로 위기를 맞았다. 이사장이 노환으로 쓰러졌기 때문이었다. 재단은 급히 이사장의 아들인 김영진을 불러 들였다.

그는 이전에도 아버지의 후임으로 거론된 적이 있는 인물이었다. 하지만 이사장은 평소 영진을 탐탁지 않게 여겼다. 입시위주의 교육을 고수해 온 자신과 달리, 영진은 학교의 운영방식에 변화가 필요하다는 입장이었다.

주변 학교와의 경쟁에서 밀린 약진재단은 이미 학부모들조차 기피하는 학교로 전락하고 있었다. 영진은 재단이 처한 위기를 극복하고자 나름의 해결방안을 제시했지만, 이사장과의 의견 차이는 좀처럼 좁혀지지 않았다.

"모르는 소리야. 인근의 학교들도 너나 할 것 없이 입시에 초점을 맞추고 있어. 결국 학부모들은 얼마나 우수한 인재를 확보해서 일류대학에 진학시키는지를 지켜보고 있단 말이지."

"아버지, 이제는 변화하는 시대에 맞는 새로운 교육이 필요해요. 학생들 모두의 앞날을 위해서요. 그들이 가진 다양성을 바탕으로 각자에게 맞는 기회를 주어야 합니다. 결국 대안은 진로교육뿐이에요."

영진의 말에 이사장의 얼굴이 찌푸려졌다.

"진로교육? 넌 아직도 이상에 사로잡혀 있구나. 어느 때보다도 성과가 절실한 이 상황에 진로교육이 무슨 소용이란 말이냐?"

"지금의 교육방식은 아이들을 획일화시킬 뿐입니다. 학생들의 적성이나 취미를 전혀 고려하지 않고 있어요. 학생들은 하고 싶은 일이 있어도 정작 무엇을 어떻게 준비해야 할지 몰라 헤매는 경우가 많습니다."

"흐음."

이사장은 변화를 주장하는 영진 대신, 자신의 동생에게 이사장 자리를 넘기리라 마음먹고 있었다. 그러나 그가 갑작스런 노환으로 쓰러지면서 결국 영진이 신임 이사장으로 부임하게 되었다.

영진은 창가에 서서 썰렁한 교정을 내려다보고 있었다. 아무리 생각해도 아버지의 뜻에 따를 수는 없었다.

"이대로는 안 돼. 이미 인근 학교와의 경쟁에서 형편없이 밀리고 있어. 근본적인 변화가 필요한 때야."

이사장이 혼잣말처럼 중얼거렸다.

곁에 서 있던 정 이사가 의견을 보탰다.

"인근 학교와 경쟁하려면 소위 말하는 스타 강사가 필요하지 않겠습니까?"

하지만 이사장은 정 이사의 말에 고개를 가로저었다.

"이제 입시위주의 전략만으로는 경쟁력을 갖출 수가 없어요."

"그럼 대안이라도 있단 말씀입니까?"

"획일적인 입시교육에만 매달려서는 학생들의 미래를 장담할 수가 없어요. 더 이상 시대의 변화에 대처할 수도 없을 뿐더러, 다양한 인재 양성에도 실패하게 될 겁니다."

정 이사의 얼굴에 근심이 서렸다. 이사장으로 부임하자마자 변화부터 요구하는 것은 바람직하지 않다는 것이 그의 생각이었다.

"갑작스런 변화가 재단을 더 큰 위기로 몰아넣을지도 모릅니다."

이사장도 위험을 모르는 것은 아니었다. 교육방식에 변화가 생기면 당장 학부모들의 거센 반발에 부딪힐 것이고, 상황은 더욱 악화될 것이 틀림없었다, 학생들도 혼란스러워 할 것이다. 이사장은 아들인 진수를 통해 학교의 이미지가 바닥까지 떨어졌다는 얘기를 전해 들었다. 학생들 사이에서는 미래에 대한 확신은커녕 학교에 대한 자부심조차 찾아보기 힘들다고 했다. 학생들 역시 스타 강사를 초빙해서 성적을 올리는 것만이 살 길이라고 믿고 있었다.

"나는 이 위기가 오히려 기회가 될 수도 있다고 생각합니다."

이사장의 말에 정 이사는 대답이 없었다.

"기존의 입시교육은 성적이 우수한 소수의 학생들만을 위한 것이었습니다. 대부분의 학생들은 미래에 대한 기대나 희망조차도 갖고 있지 않지요. 바로 이 학생들에게 비전을 제시할 수 있어야 합니다. 좀 더 많은 학생들이 자신의 미래를 준비할 수 있도록 도와주는 겁니다. 대안은 진로교육입니다."

이사장은 자신의 확고한 의지를 보여주기라도 하려는 듯 두 주먹을 불끈 쥐어보였다. 이사장의 자신감 뒤에는 한신풍 선생이 있었다. 만일 그를 만나지 못했다면 이사장 역시 입시위주의 교육 현실에서 벗어나기 힘들었을 것이다.

"한신풍이란 선생을 만난 적이 있습니다. 진로교육의 필요성을 주장하는 사람이었어요. 이미 학부모들 사이에서는 유명한 분입니다. 그가 우리 약진재단을 새롭게 바꿔놓을 것입니다. 스타 강사를 영입하는 대신 교육방식을 바꿔 학교의 이미지를 새롭게 구축하고, 학생과 학부모, 재단이 함께 학생들의 미래를 설계해 나갈 것입니다. 이것이 바로 진정한 교육 아니겠습니까?"

그러나 정 이사의 생각은 달랐다. 아무리 이사장의 생각이 그렇다 해도 교육의 방향을 바꾸는 것은 그리 간단한 일이 아니었다. 어떻게 재단의 일을 한 사람의 의지로 하루아침에 바꿀 수 있단 말인가. 이런저런 반발에 부딪힐 것이 불 보듯 뻔했다.

"아버지도 제 뜻은 익히 알고 계십니다. 정 이사님께서 이 계획에 힘을 보태 주셨으면 합니다."

정 이사의 얼굴에 난감한 기색이 역력했다. 이사회에도 전임 이사장의 동생인 김인수를 지지하는 이사들이 있었다. 이제 와서 세력을 다투는 것이 무의미하다는 생각은 들었지만, 앞으로 추진해야 할 일들이 순탄치 않을 것 같은 예감에 걱정이 앞섰다. 정 이사는 조심스럽게 대답했다.

"이사장님, 시간을 두고 신중하게 살펴야 합니다. 지금 학부모회의 요구도 만만치 않으니까요."

"물론 서두를 일은 아닙니다. 하지만 물러서 있지도 않을 겁니다. 변화가 필요한 시기에 무작정 기다리는 것도 결코 바람직한 일은 아니니까요."

이사장의 목소리에는 힘이 들어가 있었다. 전임 이사장인 아버지의 뜻을 따르던 사람들이니 자신의 계획에 순순히 동의하리라고는 기대하지 않았다. 반대의 목소리는 예상보다도 훨씬 높았지만 자리만 차지하고 앉아, 재단이 흔들리는 것을 구경할 수는 없었다. 한 선생을 만나 새로운 교육 프로그램에 대해 자세히 알아보는 것이 우선이었다.

이사장의 뜻을 전해 들은 박 이사는 발끈했다.

"아니, 이런 경우가 어디 있습니까? 재단의 교육방침을 하루아침에 바꾼다니요?"

박 이사는 전임 이사장의 뜻이 동생인 김인수에게 있음을 알고 있었다. 그런데 불쑥 나타나 이사장 자리를 차지한 영진이 재단을 뒤흔들고 있었다. 더군다나 자신들의 교육방침에 정면으로 제동을 걸고 있지 않은가? 박 이사는 자신의 입장을 분명하게 밝혀둘 필요가 있다고 생각했다.

"이것은 전임 이사장님의 뜻과는 거리가 먼 얘깁니다. 교육방침을 바꾸겠다니요? 말도 안 됩니다."

박 이사의 목소리에는 날이 서 있었다.

아무리 이사장의 의지가 강하다 하더라도 이사들의 반발에 부딪힌다면 주장을 관철시키기가 쉽지 않을 것이 분명했다. 하지만 이사장의 의견에 무조건 반대하는 것도 문제는 있었다. 양측 모두에게 충분한 검토가 필요한 문제였고, 이사회에서 결정을 내리기까지 신중하게 논의해야 할 일이었다.

"스타 강사를 영입하는 것도 쉬운 일은 아닙니다. 교사들의 반발도 염두에 두어야 합니다. 당장 발등에 떨어진 불이야 끌 수 있을지 몰라도, 땅에 떨어진 재단의 이미지는 살릴 수 없을 거예요."

정 이사의 말에 박 이사가 다시 발끈했다.

"학부모들의 요구가 거셉니다. 학교의 진학률이 바닥이니까 그런 불만이 터져 나오는 거고, 지원하는 학생의 수도 줄어드는 것 아닙니까? 안 된다고만 할 문제가 아니에요. 한번 생각해 보십시오. 지금은 결과가 중요한 때입니다, 결과가."

한심하다는 투의 박 이사의 말에 정 이사는 말문을 닫아 버렸다. 박 이사와 이사장은 재단의 운영 방향을 놓고 지금 당장이라도 충돌할 기세였다. 가뜩이나 위기에 몰린 재단에 먹구름이 끼기 시작하는 것 같아 정 이사는 가슴이 답답했다.

박 이사는 이사회 긴급회의를 소집했다. 쇠뿔도 단김에 빼겠다는 듯 거침이 없었다. 이사장도 박 이사의 반발을 예상하고 있었기 때문에 이사회 회의 소집을 담담하게 받아들였다.

"전임 이사장님은 입시교육을 더욱 강화해야한다는 입장이었습니다. 전임 이사장님의 뜻을 이어야 한다는 우리들의 생각에는 변함이 없습니다."

박 이사는 이사장을 정면으로 바라보며 말을 이었다.

"한데 신임 이사장님께서는 다른 생각을 가지고 계신 것 같아 좀 당황스럽습니다."

"물론 그러시겠지요. 하지만 저의 계획은 전임 이사장님께서도 이미 알고 계십니다. 다만 여러 가지 대안들을 두고 신중하게 고민하셨을 뿐이지요. 저는 이번 기회에 진로교육이라는 새로운 프로그램을 도입할 계획입니다."

"진로교육이요?"

이미 박 이사를 통해 소식을 전해 들었던 다른 이사들도 신임 이사장의 도전적인 말투에 놀란 듯 물었다. 이사장은 이사들을 천천히 둘러보며 목청을 가다듬었다.

"저는 다양한 인재 양성을 교육의 새로운 목표로 정하고 있습니다. 다들 아시겠지만, 이것은 지금까지와는 전혀 다른 방향입니다. 성적으로만 인재를 평가하던 시대는 이미 지났어요. 여러분들도 기사를 보셨을 것입니다. 최고의 명문이라는 서울대학교가 수시모집에서 논술을 폐지하고, 입학사정관제를 통해 학생을 선발하기로 했다는 기사 말입니다. 다들 아시죠? 서류평가와 면접만으로 학생을 선발하겠다는 거예요. 바로 학생의 진실성과 노력을 평가 기준으로 삼겠다는 것입니다. 이제 진로교육은 필수입니다.

이런 변화에 맞추어 재단의 미래도 새롭게 설계해야 합니다."

이사장의 말에 박 이사는 입가에 미소를 띤 채 주위를 둘러보며 차갑게 말했다.

"이사장님, 다른 학교들을 보십시오. 입학사정관제니 뭐니 해도 결국은 입시교육을 강화하고 있어요. 해마다 입학률 경쟁에서도 좋은 성적을 얻고 있지 않습니까?"

"지금 우리 약진재단이 그 학교들과 경쟁할 수 있다고 생각하시는 겁니까?"

"그 말씀은 우리가 경쟁에서 불리하다는 뜻으로 들리는데, 재단 관계자로서 차마 듣기 민망하군요."

박 이사가 자존심을 내세우며 얼굴을 찌푸렸다.

"감정적으로 대응할 일이 아닙니다. 재단의 상황이 좋지 않다는 점은 인정해야 합니다. 성적이 우수한 학생들이 모두 경쟁 학교로만 몰리는 상황이에요. 무엇보다도 이제는 학생들을 단순히 성적만으로 평가하고 줄 세우는 교육에서 벗어나야 할 때입니다. 교육의 목표가 다양한 인재 양성으로 변화하고 있는 이 시점에 기존의 방식대로 입시교육만을 고집해서는 안 된다는 얘기지요. 그래서 진로교육을 적극적으로 검토하고 있는 겁니다."

두 사람의 대화에 팽팽한 긴장감이 감돌았다.

"자, 자. 이래서야 어디 결정을 할 수가 있겠습니까? 한쪽에서는 진로교육 외에 방법이 없다 하시고, 다른 쪽에서는 입시위주의 교육을 강화해야 한다고 맞서기만 한다면 결론이 나질 않겠지요. 우선 양측의 주장을 뒷받침할 수 있는 자료가 있어야 합니다. 진로교육이라는 것이 도대체 어떤 프로그램인지, 과연 우리 학교에 적용했을 때 어떤 결과가 나올 것인지에 대한 검증을 거쳐야 합니다. 그럴 만한 시간도 주어져야 할 것이고요."

정 이사가 나서서 상황을 정리했다. 이사장의 입장에 힘을 실어 주면서도 한편으로는 박 이사의 반대 의견에도 합당한 부분이 있음을 조심스레 인정하는 것이었다. 하지만 박 이사는 이도 아니고 저도 아닌 정 이사의 태도가 못마땅했다.

"그럼 시범 사례라도 보자는 겁니까?"

"이사장님께서도 당장 전교생을 대상으로 진로교육을 전면 실시하겠다는 뜻은 아닐 겁니다. 이사장님, 그렇지 않습니까?"

"맞습니다."

이사장은 정 이사의 말에 고개를 끄덕였다. 박 이사는 주위의 눈치를 살피며 헛기침을 했다. 정 이사가 매듭을 지으려는 듯 재빨리 말을 이었다.

"그렇다면 못할 것도 없지요. 학생들을 위해서 바람직한 프로그램이라면 적극적으로 받아들여야 하지 않겠습니까? 다만 시간을 두고 신중히 검토하자는 겁니다."

"……"

"이의가 없으신 것 같군요."

정 이사의 의견에 모두가 동의했다. 재단에서 시범적으로 프로그램을 실시한 후, 그 결과를 바탕으로 진로교육 프로그램의 도입 여부를 결정하자는 것이었다. 이사장의 뜻이 워낙 확고한 상태라 무조건 반대만 할 수도 없었다. 박 이사도 하는 수 없이 한발 뒤로 물러섰다.

젊은 인재의 등장

한신풍 선생이 이사장실로 들어섰다. 그의 얼굴에서는 도전과 변화의 신선한 기운이 느껴졌다. 지금 약진재단에 필요한 것이 바로 변화였다. 이사장은 반가운 얼굴로 그를 맞았다. 처음 영입을 제안했을 때는 선뜻 받아들이지 않았던 한 선생이었다. 시간을 내기가 쉽지 않다는 이유였다. 그만큼 진로교육 전문 컨설턴트로서 한 선생의 인기는 폭발적이었다.

"우리 재단에는 한 선생님 같은 분이 꼭 필요합니다. 이렇게 와 줘서 정말 고마워요."

"감사합니다. 아직 부족한 점이 많습니다."

이사장은 한 선생의 손을 잡았다. 유명 대학을 나와 엘리트 코스대로 성장해 온 그가 인생의 방향을 바꿔 진로교육에 뛰어들었을 때는 어떤 확신을 가지고 있었던 것 같다. 그의 예상대로 학부모들의 상담은 끊이지 않았고, 진로교육에 대한 관심이 높아질수록 그의 인기도 치솟았다. 그것은 학부모와 학생들이 미래를 위한 새로운 도전을 꿈꾸고 있음을 보여주는 것이었다.

"약진재단에는 변화가 필요합니다. 솔직하게 말씀드리자면 재단의 상황이 그리 좋지 않아요. 입시위주의 전략으로는 경쟁이 쉽지 않은 상황이지요. 우리 재단과 학생들의 미래가 달린 일이라 이렇게 급히 한 선생님을 찾은 겁니다."

한 선생은 조용히 이사장의 말에 귀를 기울였다.

"아직 재단 내부에 이 프로그램을 신뢰하지 않는 사람들이 있습니다."

이사장의 말투는 매우 조심스러웠다. 바쁜 와중에 어려운 걸음을 한 한 선생이었다. 하지만 전체 학생을 대상으로 프로그램을 시행하는 것은 아직 무리였다. 준비되지 않은 모험이란 있을 수 없는 일이기 때문이었다.

"우선 프로그램을 시범적으로 실시해 보는 것이 어떨까 합니다만?"

"시범적으로요?"

"아, 일단 진로상담반을 구성해 보자는 것입니다. 물론 학생들은 소수가 되겠지만 말입니다."

한 선생은 고개를 끄덕였다. 전혀 예상치 못한 상황은 아니었다. 게다가 완성된 프로그램이라 해도 약진재단의 상황에 맞게 수정해야 할 부분은 있었다. 변화는 흐르는 강물처럼 서서히, 그러나 멈추지 않고 진행되어야 한다. 한 선생은 이 제안을 흔쾌히 받아들였다. 초조하게 한 선생의 대답을 기다리던 이사장의 얼굴이 환해졌다.

"이사회에서는 프로그램의 결과에 따라 결정을 내릴 것입니다. 학부모회에서도 프로그램의 결과를 지켜볼 테니, 신중한 계획이 필요합니다. 우선 선생님께서 프로그램에 관한 세부적인 사항을 준비해 주세요."

"네, 최선을 다하겠습니다."

제대로 된 상담실조차 없는 열악한 상황이었다. 이사장은 미안한 마음이 들었지만 아쉬운 대로 자신의 방 옆에 임시 상담실을 마련했다. 시범 프로그램만 성공적으로 마칠 수 있다면 재단으로부터 아낌없는 지원을 받게 될 것이다.

이사장은 한 선생을 진로상담실 교사로 임명하고, 약진재단의 변화를 이끌어 갈 진로교육 프로그램을 부탁했다.

프로그램에 참여할 학생들을 선정하는 일부터 만만치 않았다. 학부모회나 이사회는 프로그램이 진행되는 과정을 지켜보기만 할 뿐, 누구 하나 선뜻 나서지 않았다. 결국 이사장은 자신의 아들인 진수를 먼저 대상으로 선정했다. 진수는 유학을 중도에서 포기하고 돌아온 후 아직까지도 후유증에서 벗어나지 못한 상태였다. 아들을 설득할 만큼 시간적인 여유가 있었으면 더 좋았겠지만, 자신의 아들이 프로그램에 참여하지 않는다면 다른 사람들의 신뢰도 이끌어낼 수 없을 터였다.

이사장은 아내와 상의 끝에 진수를 프로그램에 제일 먼저 참여시켰다. 아내도 머릿속이 복잡한 것 같았다.

"진수에게 너무 미안해요. 우리 상황이 아무리 안 좋았어도 유학만은 마칠 수 있게 해 줘야 했는데……."

"……."

이사장은 말 없이 아내를 바라보았다.

"진수가 프로그램에 참여한다고 할까요?"

아내의 말에 이사장은 생각에 잠겼다. 사업 실패로 유학 중단을 결정한 것은 바로 자신이었다. 그런데 이제는 진수에게 시범 프로젝트 참여라는 큰 짐까지 지우게 된 것이다. 이사장은 미안한 마음을 감추고 애써 담담한 표정으로 말했다.

"세상에 쉬운 일이 어디 있겠소? 진수도 이제는 제 진로에 대해 신중하게 생각할 나이가 되었어요. 내가 진수를 잘 설득해 보리다."

"저는 누가 뭐래도 진수를 의사로 만들고 싶어요."

이사장은 불안해하는 아내의 눈길을 피해버렸다.

아내는 언제부터인가 자신의 바람을 진수에게 강요하고 있었다. 유학을 보낸 것도, 미래의 의사가 되기 위해 영어 실력만큼은 누구보다 뛰어나야 한다는 판단에서였다.

이사장은 진수의 방문 앞에서 낮게 헛기침을 했다.

"진수야, 아빠다."

이사장이 방으로 들어섰을 때 진수는 책상에 앉아 뭔가를 열심히 그리고 있었다. 이사장은 그런 아들의 모습이 안쓰러웠다. 다른 친구들은 성큼성큼 앞서 나가고 있는데, 진수만 뒤처져 그림이나 그리고 있는 것 같아서였다.

"뭘 그렇게 열심히 그리고 있니? 아빠가 좀 봐도 될까?"

이사장은 부드럽게 물었다.

"그냥 아무 것도 아니에요."

진수는 그리다 만 그림을 이사장에게 내밀었다. 만화의 주인공인 듯한 소년이 눈을 반짝이며 이사장을 올려다보고 있었다. 솜씨는 나쁘지 않았다. 하지만 아들이 그린 그림 속에 혹시나 말로 표현하지 못한 불편한 감정들이 드러나 있지 않을까 싶어 그림을 바라보는 이사장의 눈길은 내내 걱정스러웠다.

"진수야, 힘들지 않니? 아빠 때문에 네 계획이 엉망이 되고 말왔다는 걸 잘 알고 있단다. 미안하구나."

"아니에요. 이렇게 집에 있으니까 더 좋은 걸요, 뭐."

진수는 밝은 표정을 지어 보였다. 이사장은 나이답지 않게 마음을 쓰는 진수에게 고마웠고, 미안했다. 이사장은 진수의 손을 잡았다.

"이번에 재단에서 새로운 프로젝트를 진행하기로 했단다. 아빠는 네가 거기에 참여했으면 하는데 네 생각은 어떠니?"

"어떤 프로젝트요?"

진수는 의아한 눈길로 이사장을 바라보았지만, 아버지의 말뜻은 이미 이해하고 있었다. 언제부턴가 진수에게는 자신의 꿈보다 부모의 뜻이 먼저였다. 거스르기 힘들다는 것을 알고 있기 때문이었다.

"진로상담반을 만들려고 한단다. 아마 네게도 좋은 기회가 될 거야."

"진로상담반이요?"

"그래, 이제는 자신이 하고 싶은 것, 이루고 싶은 것, 그리고 잘할 수 있는 것들을 고려해서 자신의 꿈을 설계하는 시대가 오고 있단다. 적성이 무엇인지, 무엇에 흥미를 갖고 있는지를 파악해서 전문가가 될 수 있도록 도와주는 프로그램이지. 쉽게 말하자면 자신의 꿈을 찾고, 설계하고, 이루어가는 거란다."

"꿈을요?"

진수는 아버지의 말에 고개를 갸웃거리며 작은 목소리로 물었다. 진수의 입가에 아주 잠깐 희미한 미소가 떠올랐다. 이사장은 그런 아들의 표정에 깜짝 놀랐다. 저 미소에 담긴 의미가 무엇인지 궁금했다.

"진수야, 이 분야에서 가장 유명한 분이 프로젝트를 맡게 될 거야. 네가 아는 친구들도 참여할 거고. 아빠는 우리 아들을 믿는다. 함께할 거지?"

"지금도 시간이 모자라는데 다른 것까지 해낼 수 있을까요? 뭐, 자신은 없지만 아무튼 해 볼게요."

진수는 힘없이 대답했다. 부모의 뜻에 따라 유학을 떠났다가 부모의 뜻에 따라 유학을 접고 돌아오면서도 진수는 싫은 내색 한번 하지 않았다. 유학 중에도 아주 좋은 성적을 받은 것은 아니지만 나름대로 성실하게 생활했던 아이였다. 그런 진수의 발길을 돌린 것이 내내 이사장의 마음을 무겁게 했다. 결국 이 모든 것은 자신의 탓이었다.

"진수에게 시간이 부족한 모양이오. 당신이 좀 더 신경을 써 줘요."

진수의 방문을 나선 이사장이 아내에게 말했다. 하지만 아내에게도 진수의 일만큼은 양보하기 힘든 문제였다.

"여보, 오히려 시간을 더 투자해야 할 판이에요. 유학을 다녀오느라 공백이 너무 크다고요."

"공백이라니? 그건 무슨 얘기요?"

"다른 아이들은 이미 선행학습이다 뭐다 해서 1~2년씩 앞서 가는데, 우리 진수만 뒤처져 있어요. 경쟁에서 밀리지 않으려면 남들보다 2~3배는 더 열심히 해야 해요. 그건 당신도 잘 알 것 아니에요?"

이사장은 아내의 말에 말문이 막혔다. 아내는 진수가 프로그램에 참여하는 것을 내심 못마땅해 하는 눈치였다. 지금 하고 있는 공부만으로도 시간이 모자랄 지경이었다. 그렇다고 프로젝트에서 빠지겠다고 할 수도 없는 노릇이니, 마음이 답답한 것 같았다.

"여보, 진수도 참여하겠다고 했어요. 이제 무조건적인 경쟁보다는 자신의 소질을 계발해야 하는 시대예요. 새로운 트렌드에 맞는 프로그램이니까 아마 진수에게도 도움이 될 거요."

이사장은 아내가 이번 프로젝트에 좀 더 적극적으로 나서 주기를 내심 바라고 있었다. 하지만 정작 아내의 관심은 온통 진수의 성적에만 쏠려있었다. 이사장은 한마디 더 하고 싶은 마음을 꾹 눌렀다.

한신풍 선생은 정식 상담교사로 임명된 후 바쁜 나날을 보내고 있었다. 이사장이 프로젝트에 참여할 학생들을 선정하는 동안, 한 선생은 완벽한 프로그램을 만들기 위해 온 힘을 쏟았다. 임시로 설치한 상담실 책상 위에는 수많은 자료들이 널려 있었다. 한 선생은 이사장이 들어온 것도 모른 채 자료를 살피기에 여념이 없었다.

"여전히 바쁘시군요."

이사장의 목소리에 한 선생은 그제서야 하던 일을 멈추고 일어났다.

"아, 이사장님. 오셨습니까? 마침 프로그램에 관한 자료들을 살펴보고 있던 중입니다."

"혼자서 해낼 수 있겠어요?"

"연구소의 팀원들이 함께 할 겁니다. 각 분야의 전문가들로 구성된 최고의 팀이죠."

"아, 그렇군요. 이거 바쁜 분을 여기에만 묶어 두는 건 아닌지 마음이 무겁습니다."

"하하, 아닙니다. 제게도 좋은 기회가 될 것 같아요. 사실 이전부터 공교육 프로그램 진행을 계획하고 있었거든요."

이번 프로젝트는 한 선생에게도 매우 중요한 것이었다. 이사장은 환한 표정으로 한 선생 앞에 자료를 내밀었다.

"이번 프로젝트에 참여할 학생들이에요. 이제 2학년이 되는 중학생들로 네 명을 선발했어요."

이사장은 지인들 가운데서 프로그램에 참여할 학생을 선발했다. 대부분의 부모들이 검증되지 않은 프로그램에 참여하기를 꺼렸기 때문이다. 어느 부모에게나 아이들의 미래는 가장 중요한 문제였다. 아이들을 원치 않는 경쟁으로 내모는 것은 아닌지 걱정하면서도, 한편으로는 자신의 아이가 입시경쟁에서 뒤떨어지지 않을지 불안해했다. 아이가 사회에서 인정받는 직업을 선택할 수 있게 되기를 바랐다.

그러나 그것은 아이들의 꿈이 아닌, 부모들의 꿈이었다. 부모의 꿈이 아이들의 마음속에 들어가 자리 잡고 있었다. 부모들과 이야기를 나누면서 이사장도 느끼는 바가 많았다. 자신의 모습도 그들과 크게 다르지 않기 때문이었다.

한 선생은 자료를 넘겨보다가 진수의 자료에서 손을 멈추었다.

"이사장님의 자제분도 참여하기로 했군요."

한 선생은 놀란 표정으로 이사장을 바라보았다.

"선뜻 나서는 부모가 없었어요. 시작은 항상 어려운 법이니까요. 사람들을 설득하려면 제 아들이 먼저 나서야 하지 않겠습니까? 하하."

"모두들 확신이 서지 않아서 그런 겁니다. 어느 부모나 처음에는 비슷한 반응을 보입니다. 지금껏 해 온 방식에 길들여진 탓이지요."

"이제 모든 것은 한 선생님의 손으로 넘어갔군요. 쉽지 않은 일인 줄은 압니다만, 저는 한 선생님을 믿습니다. 이번 계획이 성공하리라는 것도 믿습니다."

이사장이 나간 후 한 선생은 다시 학생들에 관한 자료들을 살펴보기 시작했다. 하지만 학생부 기록만으로 학생들의 모든 것을 파악할 수는 없었다. 이 자료를 통해 확인할 수 있는 것은 아이들의 성적, 소질과 성격에 대한 짧은 코멘트뿐이었다.

이사장의 아들인 진수는 공부를 꽤 잘하는 편이고, 만화에도 소질이 있는 것 같았다. 하지만 또 다른 참가자인 진영에 대해서는 특별한 점을 찾기가 힘들었다. 운동을 좋아하는 정혁은 다소 산만한 성격인 모양이었다. 다혜는 성적이 좋은 편은 아니지만, 아이들 사이에서 인기가 있고, 예능 쪽에 재능이 있는 듯 했다.

한 선생은 가볍게 한숨을 내쉬었다. 그리고 작은 정보들까지도 세세하게 메모해 나갔다.

첫 만남

진수는 내심 아버지의 제안이 부담스러웠다. 해야 할 일이 빼곡히 적힌 시간표를 보는 것만으로도 숨이 막히는 것 같았다. 그런데 그것도 모자라 이젠 진로교육이라니. 진수는 맥이 풀려 한숨을 내쉬었다. 그때 전화벨이 울렸다.

"진수야, 다혜라는구나. 받아보렴."

어머니에게 전화기를 건네받으며 진수는 다혜를 떠올려 보았다. 학교에서 몇 번인가 마주친 것을 제외하고는 초등학교 4학년 이후 서로 연락 한번 없던 사이였다. 그런데 이상하게도 전화기를 드는 순간 가슴이 뛰기 시작했다. 진수는 반쯤 열린 방문을 바라보면서 목소리를 가다듬었다.

"안녕? 나 다혜야."

유난히 노래를 잘 부르고 춤도 잘 추던 다혜. 목소리는 여전히 밝았다. 생일에 초대받았던 기억도 선명했다.

"어. 왜?"

"너는 매번 '어, 어'밖에 모르니?"

다혜는 핀잔을 던지며 웃었지만, 진수는 설레는 마음과 달리 퉁명스럽게 되물었다.

"무슨 일인데?"

"우리 만나자."

진수는 순간 말문이 막혔다. 난데없이 만나자니? 학교에서 다혜는 가장 인기 있는 아이였다. 이렇게 전화를 건 것만 해도 의외인데, 만나자니 갑자기 숨이 멈추는 것 같았다. 반쯤 열린 방문에 자꾸만 신경이 쓰였다. 진수는 아무 말도 못한 채 다혜의 다음 말을 기다렸다.

대답이 없자 다혜가 피식 웃었다.

"프로젝트에 참여하는 애들이 한번 만나자고 해서. 도대체 무슨 프로젝트인지 다들 궁금한가봐. 혹시 넌 아니?"

진수는 멈췄던 숨을 내쉬며 긴장을 떨쳐버리려는 듯 헛기침을 했다. 그리고 일부러 시큰둥한 목소리로 대답했다.

"나도 잘 몰라."

"너 지금 불편하지? 혹시 다른 친구들 만나는 것도 싫으니?"

다혜의 말에 진수는 가슴이 뜨끔했다.

마치 자신의 마음을 들켜 버린 것만 같았다.

"아, 그건 아니지만."

"그럼, 내일 학교에 가기 전에 만나자. 알았지?"

"어? 어어."

진수는 얼떨결에 대답하고 말았다.

정혁, 진영, 그리고 다혜는 이번 프로젝트를 함께할 친구들이었다. 예전부터 서로 아는 사이였지만 진수는 왠지 모르게 서먹서먹했다.

학교에서 다혜와 마주쳤을 때도 마찬가지였다. 진수는 저도 모르게 다혜를 피했다. 예전처럼 자연스레 인사를 건네기가 어려웠다. 가슴이 뛰고, 얼굴이 발갛게 달아올랐다. 다혜는 밝은 목소리로 진수를 불러 세웠다.

"진수야, 너 나 몰라?"

진수는 엉겁결에 돌아서 어색한 웃음을 보였다.

"어? 어어."

"뭐니? 그 어색한 말투는. 앞으로 만나면 꼭 아는 체 하기다."

다혜는 초등학교 때와 변함없이 밝았다. 손을 흔들며 돌아서는 다혜를 멍하니 바라보던 진수는 문득 자신이 한심하게 느껴졌다.

바보 같으니. 그냥 가볍게 아는 체 했어야 했다. 어느 사이엔가 자신감은 사라지고 자신도 모르게 위축되어 가는 것만 같았다. 다혜도 그것을 느꼈을지 모른다.

그 일을 떠올릴 때마다 진수는 얼굴이 발갛게 달아올랐다. 조금씩 익숙해지면서 진수도 다혜에게 인사를 건네기 시작했지만, 두근거림은 좀처럼 가라앉질 않았다.

그날, 다혜에게 연락을 받은 것은 진수만이 아니었다.

운동이라면 자다가도 벌떡 일어날 정도로 좋아하는 정혁도 다혜의 전화를 받았다. 정혁은 늘 그렇듯이 엄마로부터 한바탕 잔소리를 듣고 있던 중이었다.

"정말 엄만 걱정이 이만저만이 아니다. 너 학교 공부는 포기한 거니? 노는 것도 어느 정도껏 해야지."

"엄마, 이건 노는 게 아니잖아?"

"노는 게 아니면 뭐니? 네 주위를 한번 둘러봐라. 다들 공부하느라 정신이 없는데 너는 걱정도 안 돼? 아이고, 말해 봤자 내 입만 아프지."

정혁은 더 이상 대답하지 않았다. 매일같이 반복되는 대화였다. 운동을 그저 놀이로만 생각하는 엄마와의 대화에 더 이상 신경 쓰고 싶지 않았다.

"아, 알았어. 잔소리 좀 그만해."

정혁은 자기 방으로 들어가 쾅 소리 나게 방문을 닫아 버렸다. 매번 자신을 나무라기만 하는 엄마를 정혁은 이해할 수가 없었다. 엄마는 정혁의 고민을 전혀 들으려고 하지 않았다. 엄마의 눈에 다른 아이들은 모두 공부만 열심히 하는 모범생이고, 자신의 경쟁자일 뿐이었다. 정혁은 마음이 무거웠다. 엄마와의 힘겨루기에서 지면 다시는 운동을 할 수 없을 것만 같아서 더욱 운동에 매달렸다. 농구, 야구, 축구를 가리지 않았다. 운동에서는 누구와의 경쟁에서도 지지 않을 자신이 있었다. 하지만 엄마와의 싸움에는 도무지 자신이 없었다. 엄마는 정혁이 넘어야 할 가장 높은 벽이었고, 자신의 앞길을 막고 서 있는 거대한 산과 같은 존재였다.

"정혁아, 전화 받아. 다혜란다. 다혜가 누구니?"

정혁은 엄마의 질문에 대답도 하지 않은 채, 전화기를 들고 방으로 들어가 버렸다.

"야, 너 지금 기분 안 좋은 모양이다?"

"응. 엄마랑 또 한바탕 했거든. 근데 왜 전화했냐?"

"너도 그 프로젝트인가 뭔가에 참여하기로 했다며?"

"그래, 나도 할 거야."

"프로젝트에 참여하는 애들끼리 내일 모이기로 했으니까 너도 같이 가자. 알았지? 그럼 이만 끊을게."

"진수도 나온다고 했어?"

그러나 다혜는 이미 전화를 끊은 후였다.

사실 정혁이 프로젝트에 관한 이야기를 전해 들은 것은 불과 며칠 전이었다. 매일같이 놀이냐, 운동이냐를 놓고 논쟁을 벌이는 정혁과 엄마에게 아버지는 진로교육 프로젝트에 참여해 보는 것이 어떻겠느냐는 중재안을 내놓았다.

정혁은 물론 대찬성이었다. 설마 지금보다야 상황이 나아지지 않겠느냐는 기대감 때문이었다. 엄마도 굳이 반대할 생각은 없는 것 같았다. 잔소리만으로는 한계가 있음을 엄마도 이미 잘 알고 있었다.

"정혁이가 운동에 재능이 있다면 굳이 반대만 할 일은 아니잖아. 운동으로 크게 성공하는 선수들이 있다는 거 당신도 잘 알고 있잖소?"

"그거야 정말 뛰어난 선수들이나 해당되는 얘기죠. 매일 운동장에서 산다고 다 프로가 되는 건 아니잖아요?"

굳이 저렇게까지 반대하는 엄마를 이해할 수가 없었다. 아버지가 긍정적인 면을 들어 얘기해도 엄마는 어떻게든지 부정적인 부분을 찾아내 반박했다. 그럴수록 정혁은 물러서기가 싫었다. 그나마 아버지의 지원이 있어 든든했다. 미지근한 지원 유세가 마음에 좀 걸리기는 했지만, 만약 그마저도 없다면 엄마는 더욱 거대한 산으로 변해버리고 말 것이다. 정혁이 나서서 아버지를 거들었다.

"맞아요, 아빠. 저 운동이라면 뭐든지 자신이 있다고요. 공부는 공부 잘하는 애들이 하는 거죠."

"뭐야? 공부는 안 하고 운동만 하는 학생도 있다던?"

"여보, 성급하게 그러지 말고 이번 프로젝트에 기대를 걸어봅시다. 과학적인 방법까지 동원한 거라니까 한 번 믿어 봐요."

이렇게 해서 프로젝트 참가는 의외로 쉽게 결정되었다. 정혁은 은근히 기대하고 있었다. 진수를 만나게 되면 적극적으로 나서, 정보라도 얻어보겠다고 마음을 먹었다.

진수는 약속 장소에 먼저 나와 있었다. 하지만 진수 역시 아는 것이 없기는 마찬가지였다. 단지 진로를 찾기 위한 프로그램이라는 것밖에는. 부모님의 뜻에 따라 받아들이긴 했지만, 그저 시간이나 많이 뺏기지 않기를 바랄 뿐이었다. 어차피 자신의 미래는 부모님에 의해 결정된 것이나 다름없지 않은가. 의사가 되라는 말을 귀에 못이 박히도록 들어온 탓에 정작 자신의 꿈이 무엇인지는 이제 기억조차 나지 않았다.

"진수야, 무슨 생각을 그렇게 하는 거니?"

어느새 친구들이 그를 둘러싸고 있었다. 깜짝 놀란 진수는 자리에서 일어나며 멋쩍게 웃었다. 운동복 차림의 정혁이 진수의 어깨를 툭 쳤다. 그 곁에는 진영과 다혜가 나란히 서 있었다. 모두들 초등학교 때 한 번쯤 같은 반 친구였던 사이였다. 하지만 진수는 한동안 친구들과 연락이 없었던 터라 어색하기만 했다.

"아냐, 아무 것도."

"야, 너 유학 다녀 온 다음에 이상해진 거 알아?"

다혜의 말에 옆에 있던 진영도 고개를 끄덕였다.

"이상해지다니? 내가 뭘."

"정말이야. 말도 없어지고, 친구들하고 잘 어울리지도 않고."

정곡을 찔린 진수는 말없이 머리만 긁적였다.

"근데 프로젝트란 게 도대체 뭐냐? 그래도 진수 넌 알 거 아냐? 뭐가 뭔지도 모르겠는데, 무작정 하라고 하니까 당황스럽잖아. 아빠가 심각한 얼굴로 나한테 참가해 보라고 하는 거 있지?"

진영이 걱정스런 목소리로 물었다.

"나도 정확하게는 몰라. 그냥 진로에 관한 거라던데."

"진로?"

"정혁이 너는 축구선수가 되고 싶다며? 부모님이 팍팍 밀어 주시는 거 아니었어?"

"뭘 팍팍 밀어 줘. 만날 놀기만 한다고 잔소리나 듣는 판에."

정혁의 말에 모두들 웃음을 터트렸다. 정혁은 억울하다는 표정이었다. 정혁의 축구 실력은 친구들도 인정할 정도였다. 제라드 선수처럼 세계적인 축구선수가 되고 싶다는 정혁은 시간이 날 때마다 공을 가지고 혼자 연습을 할 정도로 강한 열정을 지니고 있었다. 하지만 아무나 제라드가 되는 것은 아닌 모양이었다.

"그러고 보니까 여기서 학구파는 진수뿐이네."

"학구파? 장난하지마. 나도 심각하다고."

"심각해?"

"그래. 농담이라도 그런 말 마. 듣기 싫으니까. 매번 의사가 되라는 둥, 공부가 잔뜩 밀렸다는 둥. 해야 할 일이 산더미 같아."

진수의 볼멘소리에 잠시 침묵이 흘렀다. 사실 그건 진수만의 이야기가 아니었다. 그나마 진수는 그 중에서 가장 성적이 좋은 아이였다. 의사가 되기 위해 유학까지 다녀오지 않았는가. 그렇지만 진수가 중도에 유학을 포기했다는 사실을 알고 있는 친구들은 더 이상 아무 말도 하지 않았다.

"너무 그러지 마. 여기 해야 할 공부 척척 해내는 사람 아무도 없거든? 이게 우리 현실이라는 거 아니냐!"

아이들은 저마다 한숨을 쉬었다.

다혜는 벌써 열 번이 넘게 오디션에서 떨어졌다. 열 번 찍어 안 넘어가는 나무 없다는 말처럼 '언젠가는 오디션에 당당히 붙겠다는 결의를 다지고 있었지만, 점점 외모와 실력에 자신감이 사라지는 것은 어쩔 수 없었다. 누가 뭐라고 지적을 한 것도 아닌데, 멋지고 재능있는 다른 오디션 참가자들을 볼 때면 자꾸만 주눅이 들었다. 다혜가 부쩍 외모에 신경을 쓰는 것도 그 때문이었다.

"나 이번 오디션에서 또 물 먹었어. 세상에는 잘난 애들이 왜 그렇게 많니? 진짜 예쁘고 노래도 잘 하는 애들이 줄을 섰어. 가까이 가기도 싫더라니까."

"넌 그래도 뭔가를 꾸준히 준비하잖아."

진영이 낮은 목소리로 말했다.

"그러고보면 나도 끈질긴 데가 있긴 해. 근데 문제는 오디션에 참가할 때마다 매번 어디서 봤던 애들이 오거든. 그건 나만 끈질긴 게 아니란 말이잖아? 안 그래?"

다혜의 말에 웃음이 터졌다. 정혁이 농담처럼 말을 건넸다.

"그렇게 똑같은 애들이 경쟁하다 보면 하나씩 하나씩 합격할 거고, 언젠간 네 차례도 올 거 아냐. 그럼 너도 스타가 되는 거지, 뭐."

"야, 그걸 위로라고 하니?"

진영은 그런 다혜가 부러웠다. 하고 싶은 일을 정하고 스스로 부딪칠 수 있는 용기가 자신에게는 없는 것 같았다. 적극적으로 도전하는 용기, 남들 앞에서도 당당하게 꿈을 펼칠 수 있는 열정을 가진 다혜를 볼 때면 자신은 한없이 초라해지는 것 같았다.

진영은 조용한 성격이었지만 한편으로는 다양한 분야에 남다른 흥미를 가지고 있었다. 상식에도 밝았다. 하지만 아직까지는 한 분야에서 뚜렷한 재능을 나타내고 있지 않았다. 한 가지 일을 깊게 파고드는 성격이 아니어서인지, 별다른 재능을 갖지 못한 것처럼 비춰지기도 했다.

"요리사가 되고 싶은 것 같기도 한데, 또 어떨 때는 그것도 아닌 것 같아. 솔직히 말하자면 금방 싫증이 날 것 같다고나 할까? 다들 그런 나를 이해하지 못해. 겉보기에는 잘 할 것 같은데, 막상 시작하고 보면 생각과는 다르대. 학원에서도 늘 그런 말을 들었어. 사실 요리하는 것은 좋지만, 직업이 된다면 싫을 것 같아."

진영은 가슴에 담아 둔 말들을 조금씩 꺼내 놓았다.

"프로젝트는 여전히 미스터리네."

정혁이 문득 생각난다는 듯 말했다. 다른 아이들도 프로젝트에 대한 호기심과 걱정으로 입을 굳게 다문 채 학교로 들어섰다. 프로젝트에 대해 알게 된 것이라고는 고작 네 사람이 함께 하게 될 것이라는 정도였다. 아이들은 무거운 마음으로 운동장을 가로질러 걸어갔다.

진로상담이 뭐예요?

    한 선생은 아이들에 대한 기본적인 정보를 이미 파악하고 있었다. 아이들과의 첫 만남에 새삼 가슴이 설레었다. 일찌감치 상담실 청소까지 마치고 간단한 다과도 준비해 놓았다. 아이들과 함께 하게 될 한 학기 동안 프로그램을 성공적으로 마치고, 그 결과에 대해서도 책임을 져야만 했다. 결코 쉽지 않은 도전이었다. 하지만 지금 이 순간, 한 선생에게는 아이들과의 첫 만남이 가장 중요했다.

    좋은 결과는 과정을 거쳐 얻어지는 것이라고 그는 굳게 믿고 있었다. 서로에게 신뢰할 수 있는 사람이 되어야 프로젝트도 순조롭게 진행할 수 있을 터였다. 한 선생은 민동재와 함께 상담실로 들어섰다. 상담실에서 한 선생을 기다리고 있던 아이들의 시선이 동재에게 집중되었다. 아이들은 이상하다는 표정으로 한 선생과 동재를 번갈아 바라보았다. 그도 그럴 것이 동재는 다른 아이들보다 훨씬 어렸기 때문이었다. 동재도 그런 분위기가 어색했는지 수줍은 표정으로 한 선생 옆에 서서 고개를 숙이고 있었다.

"이쪽은 약진 초등학교 5학년 3반 반장인 민동재란다. 서로 인사하렴."

"초딩?"

누군가 작은 소리로 그렇게 물었다. 한 선생은 미소를 지으며 동재의 어깨를 가볍게 토닥였다.

"안녕하세요? 저는 약진 초등학교에 다니고 있는 민동재라고 합니다. 이렇게 프로젝트에 초대해 주셔서 감사합니다. 제가 프로젝트에 누가 되지 않을까 걱정입니다만, 최선을 다하겠습니다. 형, 누나들 앞으로 잘 부탁드려요."

"우와."

동재의 거침없는 말솜씨에 아이들은 모두 감탄했다.

그러나 한편으로는 초등학생인 동재가 오히려 한 수 위인 것 같아 위축되기도 했다.

"초등학생도 진로교육을 받아요?"

"이번 프로젝트에 특별히 초대한 친구란다. 동재도 너희들과 함께 진로교육을 받게 될 거야. 사실 진로교육이라는 것은 초등학교 때부터 가능한 프로그램이거든. 동재는 뛰어난 잠재력을 가지고 있기 때문에 결과도 기대되는 친구란다. 너희들이 친동생처럼 대해 주면 좋겠구나."

"말투에서부터 싹수가 보였어요."

"정혁이구나, 네가?"

"……?"

한 선생이 자신을 한눈에 알아보자 정혁은 당황했다.

사실 동재는 한 선생이 직접 선정한 학생이었다. 약진 초등학교에서 우수한 학생을 뽑아 프로그램에 참여시키기로 한 것도 한 선생의 뜻이었다. 한 선생은 몇 명의 학생들에 대한 추천서를 받아보고, 그중에서도 단연 돋보이는 동재의 지적 재능에 관심을 갖게 되었다. 동재에게 특별한 교육이 필요하다는 것은 초등학교 선생님들의 공통된 의견이기도 했다.

"초등학교에서부터 전문적인 진로교육 시스템을 적용한다면 더 좋은 결과가 있을 겁니다. 민동재 군을 이번 프로젝트에 초대하겠습니다."

이사장도 한 선생의 뜻을 받아들였고, 동재의 부모도 같은 생각이었다. 뛰어난 재능을 지녔다면 그에 걸맞은 교육을 시켜야 한다. 하지만 정작 무엇을 어떻게 가르쳐야 할지 부모로서도 난감하기만 했다.

"자, 오늘 이 자리는 우리들에게 아주 소중한 경험이 될 거야. 먼저 나를 소개해야겠지? 나는 한신풍이라고 한다. 너희들과 프로젝트를 함께 할 상담교사란다. 음, 배에 비유하자면 선장이라고나 할까? 어떠니? 나와 함께 항해를 시작하는 것이."

한 선생의 목소리는 부드러우면서도 자신에 차 있었다. 항해? 아이들은 호기심 어린 표정으로 서로의 얼굴을 바라보았다.

"왜, 항해라는 표현이 이상하니?"

"그런 건 아니지만, 항해라고 하니까 뭔가 대단한 프로젝트인 것 같아서 솔직히 부담스러워요."

다혜의 말에 한 선생은 빙그레 웃었다.

"맞아. 대단한 일이지. 이제까지 한 번도 가본 적 없는 바다의 해도를 그리는 일이나 마찬가지니까."

"설마, 모험? 뭐 그런 걸 말씀하시는 건 아니죠?"

"하하하. 모험?"

생각만 해도 즐거운 일이었다. 한 선생은 아이들을 바라보며 흐뭇한 미소를 지었다.

"분명 너희도 각자 꿈을 가지고 있을 거야. 가끔씩 멋진 모습으로 자란 미래의 자신을 상상하기도 하겠지. 하지만 정작 십 년 후에 자신의 모습이 꼭 그럴 것이라고 확신하는 사람들은 많지 않아. 왜 그럴까? 너무 허황된 꿈을 꾸었기 때문일까? 아니면 꿈은 그저 꿈에 지나지 않기 때문일까? 물론 꿈이 이루어지지 않은 데는 여러 가지 이유가 있겠지. 하지만 아무런 준비도 하지 않고 목적지도 정하지 않은 채, 무작정 항해에 나선다면 난파하기에 딱 좋지 않겠니? 항해 중에 일어날 수 있는 수많은 위험에 대비하고, 또 어떻게 대처해야 할지를 미리 알아두어야 바다를 무사히 건널 수 있을 거야. 꿈도 마찬가지란다. 결국 꿈을 이루기 위한 준비가 부족했기 때문에 그저 꿈으로 끝나고 마는 거지."

한 선생의 말에 아이들은 모두 고개를 끄덕였다.

그때 조용히 한 선생의 말을 듣고 있던 진수가 나섰다.

"그건 전적으로 선장의 잘못 아닌가요? 선장이 해야 할 일들을 소홀히 했기 때문이겠죠."

진수의 날카로운 말투에 아이들은 모두 긴장한 얼굴로 한 선생과 진수를 번갈아 쳐다보았다.

"맞아. 선장은 목적지에 닿기까지의 과정을 누구보다 정확하게 파악해야 하고, 위험에 대한 대비도 해 두어야 하지. 그래야만 배가 안전하게 항해를 마칠 수 있는 거야. 그 선장의 역할을 맡은 것이 바로 나란다. 너희들이 안전하게 항해를 마치고 목적지에 도착할 수 있도록 인도하는 것이 내가 해야 할 일이야. 그리고 너희가 꿈꾸는 미래의 모습이 우리가 가야 할 목적지란다."

한 선생의 말에 아이들은 아주 잠깐이나마 자신의 멋진 미래를 머릿속에 그려보았다. 아이들의 입가에 살며시 미소가 떠올랐다. 하지만 미소는 오래 가지 않았다. 결국 이번 프로젝트도 지금껏 해 온 방과 후 학습과 크게 다르지 않을 거란 생각 때문이었다.

'미래. 미래.'

진수는 노트 위에 의미 없는 글자를 쓰고 있었다. 한 선생의 시선을 느낀 정혁이 진수의 어깨를 툭 쳤다.

"괜찮다. 프로젝트를 항해에 비유했지만 이건 결국 너희가 헤쳐 나가야 할 현실이니까. 항해니 모험이니 하는 말들이 모두 비현실적인 얘기로 느껴질 거야. 하지만 눈에 보이지 않는 미래와 꿈도 소중하단다. 내가 지금 무엇을 향해 가고 있는지 모른다면, 아무리 열심히 공부한다 해도 하기 싫은 것을 억지로 하면서 시간에 끌려가고 있는 것에 불과하니까."

정혁은 진수를 흘끔 쳐다보았다. 한 선생의 말에 집중하지 못하는 진수가 걱정스러웠다. 진수는 여전히 미래란 단어를 무슨 그림이라도 되는 듯이 노트 위에 그리고 있었다. 글자들은 제각각 로켓을 타고 날아가고 있었다. 그림 솜씨는 익히 알고 있었지만, 이런 순간에도 저런 그림을 그려내는 진수의 모습이 대단하게 느껴졌다.

"진수의 미래는 배가 아니라 로켓을 타고 날아가는데요?"

아이들은 진수의 그림을 보며 웃었다. 진수도 멋쩍은 표정을 지으며 정혁을 노려보았다. 상담실은 한순간에 소란해졌다. 한 선생은 그런 아이들을 향해 빙그레 미소를 지었다.

"선생님이 얘기하는 동안에 진수도 미래를 떠올려 보았구나."

"그냥 별 생각 없이 그린 거예요."

진수가 노트를 덮으며 미안한 듯 말했다. 진수는 평소에도 습관처럼 떠오르는 것들을 그림으로 표현했다. 교과서에는 그 동안 그린 그림들이 빼곡하게 들어차 있었고, 그 때문에 종종 선생님들로부터 야단을 맞기도 했다.

"진수는 원래 그림에 관심이 많아요. 재능도 있고요."

다혜가 슬쩍 진수의 편을 들었다.

"그래. 바로 그거야. 이제는 진로를 정하고, 그에 맞는 공부를 해야 한단다. 그 점은 너희들도 이미 느끼고 있을 거야. 유감스럽게도 그것을 실천하지 못하고 있을 뿐이지. 그렇지 않니? 각자 잘하는 분야가 있고, 자신이 하고 싶은 일이 있는데도 언제부턴가 우리들은 그 꿈에서 멀어지는 것에 익숙해진 거야. 앞으로 해야 할 일은 바로 그 멀어진 꿈을 우리 가까이 불러들이기 위한 거란다. 우리는 이제 자신의 성격이나 적성에 맞는 것이 무엇인지를 찾게 될 거고, 어떻게 하면 각자의 재능을 키워갈 수 있을지를 배우게 될 거야."

한 선생의 말에 아이들은 믿을 수 없다는 듯 술렁였다.

"하지만 부모님들이 그냥 내버려두지는 않을 텐데요? 대학은 어떻게 가냐고······."

"대학의 입시제도 역시 바뀌고 있단다. 재능을 소중하게 여기는 쪽으로 말이지. 너희 부모님이 아직 그것에 대해 충분히 알지 못하고 계시기 때문에 생긴 오해라고 생각한다. 예전에는 과목별 성적이 모든 것을 좌우한다고 해도 지나친 말이 아니었어. 수능 점수니, 논술이니, 내신 성적이니 하고 말이지. 그러나 이제는 입학사정관제라는 새로운 입시제도를 통해 그 문제점들을 보완해서 재능 있는 아이들을 선발하고 있단다."

아이들은 고개를 끄덕이면서도 아직 실감이 나지 않는 표정이었다.

"시간이 너무 부족해요. 학교 수업이 끝난 후에도 학원이니 뭐니 숨 쉴 틈도 없어요."

"아주 많은 시간이 필요하지는 않아. 자동차의 내비게이션을 생각하면 되겠구나. 목표를 정하면 내비게이션이 빠른 길을 정확하게 안내해 주지 않니? 그대로 가기만 하면 잘못된 길로 빠지는 일이 없으니 시간도 절약할 수 있고."

한 선생의 말에 아이들이 조용히 고개를 끄덕였다. 많은 시간이 필요하지 않다면 그다지 어려울 것은 없을 것이다. 이미 부모님의 동의를 얻은 일이었고, 시간이 모자란다면 다른 해결 방법도 제시해 줄 테니까. 이제야 책상 위에 놓인 과자와 음료수가 눈에 띄었다.

"저, 이젠 비상식량도 좀……."

"그래. 하하. 내 말이 길었구나. 어서 먹어라."

아이들은 한 선생의 말이 떨어지기가 무섭게 과자와 음료수를 둘러싸고 앉았다. 한 선생은 흐뭇한 표정으로 아이들을 돌아보았다. 아이들의 표정이 밝았다. 아직 제 꿈이 무엇인지, 또 어떻게 펼쳐 나가야 하는지조차 모르는 아이들이었다. 늘 공부에 쫓기고, 부족한 시간에 쫓기느라 정작 꿈에 대해서는 생각할 기회조차 없었을 아이들이 안쓰러웠다.

"상담실의 문은 늘 열려 있을 거야. 개인적으로 연락을 할 테니까, 시간 약속만은 정확하게 지키도록 하자. 알았지?"

"네에."

이제 이번 프로젝트의 큰 윤곽이 조금 잡히는 것 같았다. 진수는 머릿속에 떠오르는 단어들을 늘어놓았다. 진로, 미스터리, 꿈, 항해, 선장, 목표, 폭풍과 모험……. 그리고 내가 잘하는 것은?

입학사정관제 - 다양성을 존중하는 새로운 교육

입학사정관제에 대한 관심이 뜨겁습니다. 어떤 사람들은 입시의 핵심이 될 것이라고도 하고, 또 어떤 사람들은 한순간의 유행처럼 사라져 버릴 것이라 예상하기도 합니다. 한편에서는 자기주도학습과 독서지도의 중요성을 역설하기도 합니다.

입학사정관제의 근본 취지는 점수 위주의 일괄 평가방식에서 벗어나 점수로 평가하지 못하는 다방면의 재능을 보는 것입니다. 왜냐하면 아이들을 점수로 평가하여 세상에 내보냈더니, 정작 사회에서 필요로 하는 능력은 그것과 달랐기 때문입니다. 사회가 변화를 거부하고 퇴보하지 않는 한 입학사정관제는 결코 사라지지 않을 것입니다. 그러니 이제 우리는 입학사정관제를 어떻게 운영할 것인가에 대해 고민해야 할 것입니다.

입학사정관제에서 진로교육은 필수적입니다. 입학사정관제를 실시하는 모
든 학교에서 학생에게 묻는 첫 번째 질문은 모집단위에 지원한 이유입니다. 진
로에 대한 확고한 신념이 있어야만 제대로 답할 수 있는 항목이지요. 진로교육
은 '바람직한 차원에서 실시하면 좋을' 교육의 주제에서 '필수적으로 실행하지
않으면 안 될' 교육가치 실현의 큰 축이 된 것입니다.

제2부

미래를 향한
여정을
시작하다

진짜 하고 싶은 일 찾기

한 선생은 이사회에 참석했다. 재단의 이사들과 학부모들에게 진로교육 프로그램의 취지를 설명하기 위해서였다. 예상대로 분위기는 냉랭했다. 한 선생은 그들의 표정에서 기대보다는 우려가 크다는 것을 느꼈다. 대부분은 그저 한 선생의 대안이 무엇인지 한번 들어나 보자는 얼굴이었다.

"교육은 백 년을 내다보는 중대한 일이라 했습니다. 시범적으로 프로그램을 시행하기로 한 것이니까, 그 결과에 대해서도 객관적으로 평가해야 합니다. 그런 준비도 되어 있습니까?"

아직 프로그램에 대한 설명도 시작하지 않았는데 박 이사가 먼저 질문을 던졌다. 이사장의 안색이 어두워졌다.

"아직 어떤 프로그램인지도 들어보지 않았습니다."

"이사장님, 지금은 무엇보다도 결과가 중요한 때라는 걸 말씀드리는 겁니다."

프로그램 도입에 부정적인 박 이사는 결과의 중요성을 또다시 강조했다. 이사회의 의견은 처음부터 둘로 나뉘는 것 같았다. 이를 지켜보던 한 선생이 차분한 목소리로 대답했다.

"당연한 말씀입니다. 하지만 과정도 결과 못지않게 중요하다는 것을 이 프로그램을 통해 알게 되실 겁니다. 결과에 대한 질문을 하셨으니 말씀드리겠습니다. 이미 자타가 공인하고 있는 입학사정관에게 이번 프로젝트의 평가를 일임하고자 합니다. 평가해 주실 분에 대해 미리 말씀드리지 못하는 것은 공정성을 위해서입니다. 그 점은 양해해 주시기를 부탁드립니다. 하지만 객관적인 평가가 될 것이라는 점은 분명히 말씀드릴 수 있습니다."

"누구나 인정할 만한 입학사정관이란 말입니까?"

"네."

회의실이 잠시 술렁거렸다. 박 이사는 프로그램의 결과가 좋지 않을 것이라 예상하고, 이 자리에서 다른 이사들을 설득할 생각이었다. 프로그램에 대한 설명도 듣기 전에 질문부터 던진 것도 분위기를 유리하게 바꿔놓기 위해서였다. 그런데 한 선생의 대답은 예상외로 너무나 당당했다. 전문가로부터 객관적인 평가를 받겠다는 한 선생의 말에 이사장도 놀란 표정이었다. 이번 프로그램을 누구보다도 적극적으로 추진해 온 이사장이었지만 자칫 결과가 나쁠 경우도 대비해야 했다. 사실 이사장에게 이번 프로젝트는 모험이나 마찬가지였다. 가시적인 성과를 얻지 못한다면 큰 반발에 부딪힐 것이 분명했다. 한 선생이 아무런 준비 없이 오기로 내뱉은 말은 아닐 거라 생각했지만, 그러면서도 내심 걱정이 앞섰다.

"그럼 지금부터 프로그램에 대한 설명을 시작하겠습니다."

한 선생의 당당한 목소리에 회의장이 조용해졌다.

"본래 진로적성교육은 3단계로 이루어집니다. 적성탐색, 진로설계, 상담관리죠. 하지만 약진재단의 프로젝트에는 한 단계를 추가했습니다. 바로 모의평가입니다. 조금 전에 말씀드린 대로 프로젝트의 결과를 객관적으로 평가할 계획입니다."

누군가 한 선생의 설명에 토를 달고 나섰다.

"우리들이야 전문가가 아니니까 좀 쉽게 설명해 주시죠. 용어 따위가 중요한 것은 아니지 않습니까."

이사장은 조용히 헛기침을 했다. 전임 이사장인 아버지와 함께 재단을 이끌었던 사람들이었다. 손바닥 뒤집듯 쉽게 생각을 바꿀 리는 없을 것이다. 이사장은 한 선생에게 눈짓을 보냈다. 너무 신경 쓰지 말고 진행하세요, 라는 무언의 응원이었다.

"먼저 학생들이 어떤 궁금증을 가지고 있는지 말씀드리겠습니다. 진로상담 중에 가장 많이 받았던 질문은 이런 것이었죠.

- 저에게는 어떤 직업이 맞을까요?
- 저는 의사가 되고 싶은데 적성검사 결과에는 의사가 없어요?
- 이 직업은 어떤 일을 하게 되나요? 또 무엇을 준비해야 할까요?
- 돈을 얼마나 벌 수 있을까요?
- 유학을 간다면 어느 나라로 가야 할까요?
- 그 직업을 가진 사람들은 어떤 회사에 들어가는 거예요?

대부분의 학생들은 자신의 진로에 대해 막막함을 느낍니다. 학생들의 이런 고민을 해결해 주는 것이 바로 진로교육입니다."

한 선생의 말에 회의실의 분위기는 차분하게 가라앉았다.

돌이켜 생각해 보면 누구나 한 번쯤 그런 고민을 해 본 적이 있었다. 하지만 결국 쓸데없는 생각으로 치부해버리지 않았는가. 그것이 진로를 선택하기 위한 중요한 고민이었다는 사실을 새삼 깨닫게 된 것이다. 이사장은 주위의 반응을 살피며 한 선생의 열의에 찬 얼굴을 바라보았다.

"학교 상담실에서 이런 질문들에 얼마나 대답해 줄 수 있을 거라 생각하십니까? 진로교육은 매우 광범위한 지식이 필요한 일입니다. 간혹 선생님의 도움으로 꿈을 갖게 되었고, 그 길에 매진한

끝에 성공한 사람들이 있습니다. 가장 절실한 고민을 해결해 주고, 꿈으로 이끌어 준 사람이 바로 선생님이었던 거지요. 그러나 지금은 시험 점수를 올려주는 선생님이 더 유능한 선생님으로 평가받고 있습니다. 그러니 진로교육의 필요성은 다들 알고 있지만 엄두를 내지 못하고 있는 겁니다."

"아이들이 꿈을 갖는 것 자체를 부정적으로 보진 않아요. 하지만 현실적으로 입시 경쟁에 소홀할 수는 없지 않습니까? 결국 경쟁에서 살아남기 위한 실전이 가장 중요하니까요.

정 이사가 그 말에 반박했다.

"미래의 자신을 꿈꾸면서 해야 할 것들을 능동적으로 해 나간다면, 아이들은 그 경쟁에서 더 큰 능력을 발휘할 것입니다."

양측의 입장은 초반부터 팽팽하게 맞섰다. 이사장은 숨 막히게 진행되는 설명회가 자칫 토론이 장이 되어버리는 것은 아닌지 걱정스러웠다. 하지만 한 선생은 당당하게 자신의 주장을 펼쳐 나가고 있었다. 저런 자신감이라면 약진재단의 미래는 더욱 밝을 것이다. 한 선생은 한층 차분한 목소리로 설명을 이어갔다.

누구에게나 자신이 좋아하는 일이 있으며, 사람에 따라 가치관이나 성격이 다르다는 점은 교육에서 분명히 고려해야 할 사항이다. 형제라 하더라도 두 사람의 성격은 확연히 다른 경우가 많다. 똑같은 일을 시켜도 어떤 아이는 잘 하는 반면 다른 아이는 뒤떨어진다. 심지어 쌍둥이라 하더라도 말이다. 그런 아이들의 차이를 인정하지 않는다면 교육의 효과는 그만큼 떨어진다. 부모의 눈에는 뒤떨어지는 아이가 한없이 안타깝겠지만, 차이를 인정하지 않고 획일적인 교육만을 고집한다면 결국은 한계에 부딪히고 말 것이다.

"이미 과학적인 방법을 통해 학생들의 취향과 성격, 가치관을 분석하는 전문적인 시스템을 운영하고 있습니다. 이 시스템을 바탕으로 대상 학생들에 대한 검사를 진행할 것입니다."

한 선생은 의욕적인 목소리로 말했다. 지금까지는 아이들의 적성을 살펴볼 수 있는 객관적인 자료가 턱없이 부족했다. 부모들 역시 성적에만 신경 쓰느라, 정작 아이의 취향과 성격에 대해서는 파악하지 못한 경우가 대부분이었다.

"심리학 교과서에서는 직종선택에 있어서 적성의 네 가지 요인, 즉 성격, 능력, 흥미, 가치관의 순서로 중요하다고 말합니다. 직업선택에 있어서 성격이 그만큼 중요하다는 의미지요. 이것을 과학적으로 검사하는 과정이 바로 1단계입니다."

한 선생은 설명 도중에 이사들과 학부모들의 질문을 받기도 했다. 처음과는 달리 구체적인 질문들이 쏟아지기 시작했다.

"저도 적성검사에 대해 듣기는 했지만, 그 검사 비용이라는 게 너무 비싸더라고요. 이래서야 아무리 좋다 하더라도 그림의 떡 아닌가요?”

학부모회 대표가 한 선생에게 질문을 던졌다. 사실 틀린 말은 아니었다. 지금 아이들이 받는 검사 비용은 학부모들에게 부담스러운 수준이었다.

“맞는 말씀입니다. 조금 더 정확하게 말씀드리자면 무료에서부터 몇 십 만원까지 다양하지요. 물론 그 결과의 정확성은 비용에 비례한다고 생각하시면 될 겁니다. 제가 이 프로그램을 공교육에 도입하고자 하는 것도 바로 그 때문입니다. 모든 아이들이 합리적인 비용으로 자신의 적성을 검사해 볼 수 있기를 바라는 겁니다.”

한 선생의 솔직한 답변에서 당당함이 느껴졌다. 이미 한 선생의 실력은 소문을 통해 알려졌기 때문에, 설명을 듣는 학부모들의 반응도 뜨거웠다. 학부모회에서도 드러내지는 않았지만 소문을 통해 이미 한 선생의 명성을 알고 있었다. 물론 스타 강사를 영입했으면 하는 바람도 없진 않았다. 그러나 아직은 양쪽 모두 검증이 필요했다.

“평가에서 어떤 결과가 나오는지 지켜봐야겠어요. 한 선생님이 아무리 뛰어나다 해도 아직은 검증되지 않은 주장일 뿐이니까요.”

박 이사 측의 반응은 아직도 냉랭했다. 박 이사는 이제까지 중시해 온 방식이 순리라고 여기고 있었다. 그것을 어긴다면 반드시 상응하는 대가를 치러야만 한다는 것이 그의 생각이었다.

"모든 학생을 재능에 따라 교육한다는 것이 가능한 일입니까?"

박 이사가 회의실을 나서면서 날카롭게 말했다. 그건 불가능한 일이다. 아이들을 재능에 따라 분류하고, 그 결과에 따라서 교육한다니. 누가, 무슨 돈으로, 어떻게 한다는 말인가?

"재능은 타고나는 겁니다. 학교에서 모든 학생들의 재능을 다 듬어 줄 수는 없어요. 지금 급한 것은 성적이에요."

"맞아요. 결국 대학은 성적으로 가는 거 아니에요? 재능만으로 대학에 가는 아이들이 얼마나 되겠어요?"

박 이사 측 사람들은 어깨를 나란히 하고 회의실을 걸어 나갔다. 한 선생은 조용히 그들의 뒷모습을 바라보았다.

꼭 의사가 되어야 하나요?

한 선생은 아이들의 적성검사 결과를 꼼꼼하게 살펴보고 있었다. 수십 페이지에 달하는 결과 보고서를 보며 메모를 해 나갔다. 부모와 아이들에 대한 객관적이고 다양한 검사를 통해 얻어낸 보고서였다. 게다가 전문 상담팀의 회의를 거쳐 작성된 만큼 신뢰할 수 있는 자료였다. 한 선생은 진수의 자료를 펼쳤다.

상담 중에 진수에게 했던 질문이 떠올랐다.

"진수야, 네 꿈이 뭔지 말해 줄 수 있겠니?"

한 선생의 질문에 진수는 망설임 없이 대답했다.

"의사라고 하던데요?"

"아니, 네 꿈 말이야."

한 선생은 다시 물었다.

"…… 잘 모르겠어요."

"그래, 그렇다면 의사라는 직업에 대한 네 생각은 어때?"

진수는 시큰둥하게 대답했다.

"사실 전 별로예요. 의사가 되어야 한다고 생각하면 답답하고 숨이 막히는 것 같아요. 왜 의사가 되어야만 하는지도 모르겠고요."

진수는 가슴에 담아 두었던 불만을 터뜨리듯 말했다. 한 선생은 진수가 자신의 생각을 조금 더 표현할 수 있도록 조용히 기다렸다.

"엄마는 제가 의사가 되길 바라세요. 그래서 일단은 의사가 된 다음에 다른 일을 해야겠다고 생각했어요."

"진수야, 직업을 선택할 때 무엇보다도 중요한 것은 자신의 적성이란다. 하기도 싫고 적성에도 맞지 않는다면 올바른 선택이라 할 수 없어."

한 선생의 말에 진수의 눈빛이 반짝였다.

"의사가 되었다가 다시 직업을 바꾼다는 것은 생각처럼 쉽지 않단다. 그러니 처음부터 자신의 꿈에 맞는 직업을 선택하기 위해 노력한다면 그보다 좋은 것은 없겠지."

진수는 말없이 고개를 끄덕였다.

"앞으로도 네 꿈을 남의 꿈처럼 말할 거니?"

"그렇다고 의사예요, 라고 말할 순 없잖아요. 제가 원하는 꿈이 아닌걸요."

진수가 민망한 표정으로 대답했다.

그 말대로라면 진수의 미래는 부모에 의해 결정된 것일 뿐이다. 검사 결과에서도 진수의 적성은 의사와는 거리가 멀었다. 진수의 진짜 꿈은 가슴속 깊이 가라앉아 있을 것이다. 부모에 의해 아이들의 꿈이 정해지는 경우가 많다는 것은 한 선생도 상담을 통해 알고 있었다.

진수와의 상담을 마친 한 선생은 이사장 부부와 마주 앉았다.

"실은 초등학생 때 유학을 떠났다가 마치지 못하고 돌아왔어요. 사업에는 늘 위험이 따르지 않습니까. 진수 역시 가정형편 탓에 되돌아오고 말았어요."

한 선생은 이사장의 솔직한 말에 귀를 기울였다.

"진수가 무엇을 하고 싶어 하는지 알고 계십니까?"

이사장은 한 선생의 갑작스런 질문에 잠시 얼굴을 찡그렸다. 기대에 미치지 못하는 꿈을 지닌 아들에 대한 불만이 고스란히 담겨 있었다.

"만화를 그리고 싶다고 말한 적이 있긴 한데, 진심인지 아니면 그냥 한번 해 보는 소린지 솔직히 잘 모르겠어요. 그땐 진수가 아직 어렸을 때니까요. 하지만 그것을 아이의 꿈이라고 진지하게 생각한 적은 없었지요."

이사장은 진수의 적성검사에서 행여 그런 결과가 나온 것은 아닐까 긴장하고 있었다.

"맞습니다. 진수에게는 창의적인 일이 적성에 맞아요. 진수에게 꿈에 대해 물어본 적이 있습니다."

이사장이 실망스러운 목소리로 되물었다.

"뭐라 하던가요?"

"의사가 되라고 하셨다더군요, 이사장님."

한 선생의 말에 이사장의 안색이 더욱 어두워졌다.

처음부터 의사를 시켜야겠다고 생각한 것은 아니었다. 그저 자연스럽게 아내와의 사이에 그런 얘기가 오갔고, 아내는 더 적극적으로 자신의 희망을 아이에게 강요했다. 그리고 어느새 진수는 부모의 희망을 자신의 미래로 받아들이고 있었다.

"의사와 만화가라니 거리가 너무 머네요."

"애니메이션에도 다양한 분야가 있습니다."

"그래요?"

이사장의 목소리에는 힘이 없었다. 한 선생은 마치 이사장의 마음을 읽고 있는 듯 차분한 표정이었다.

"부모님이 원하는 직업을 골라서 자녀에게 강요하는 경우가 많습니다. 사실 그 나름대로의 이유가 있지요. 자식을 통해 자신의 꿈을 이루려는 경우도 있고, 부모들 사이의 경쟁 심리 때문인 경우도 있었어요."

이사장은 고개를 끄덕이면서도 변명하듯 대꾸했다.

"하지만 더 큰 이유는 자식이 안정된 삶을 살기를 원하기 때문 아닐까요? 경제적으로나 사회적으로요."

"그럼 이사장님이 진수의 미래 직업을 의사로 선택하신 이유도 그것 때문입니까?"

"나이가 들어서도 흔들리지 않는 삶을 살기 위해서는 의사만한 것이 또 있겠습니까? 자신의 의술로 사람들을 살릴 수 있으니 보람도 있을 것이고, 무엇보다도 경제적으로 안정적인 삶을 살 수 있을 테니까요. 그게 솔직한 부모 심정 아닙니까? 사실 경제적인 기반이 흔들리면 삶이 고통스러워집니다. 그건 제가 경험해 봐서 누구보다 잘 알아요. 그런 고통을 진수에게는 물려주고 싶습니다."

이사장의 목소리에는 진심이 담겨 있었다. 한 선생 역시 이사장의 마음을 이해하지 못하는 것은 아니었다.

"만약 진수가 경제적으로 안정된 직업을 선택한다면 의사를 포기하실 의향이 있으십니까?"

한 선생의 질문에 이번에는 진수 엄마의 표정이 심하게 흔들렸

다. 그건 경제적인 문제 외에도 다른 이유가 있다는 뜻이었다. 상
담실에는 무거운 정적이 흘렀다.

"사실 다른 아이들에게 뒤지지 않기 위해서라도 꼭 의사로 만
들고 싶어요. 형편 때문에 유학을 마치지 못한 것도 마음에 걸리
고요."

"많은 부모님들이 그렇게 생각합니다. 하지만 엄밀하게 말씀드
린다면 부모님의 의지는 아이의 장래희망과는 전혀 관계가 없는
것이지요. 그렇지 않습니까?"

한 선생이 정곡을 찌르자 진수 엄마가 강하게 반박했다.

"아이들은 아직 사회를 잘 몰라요. 성공한 아이들 뒤에는 항상
부모들이 있게 마련이에요."

진수 엄마는 뭔가 더 말하려다가 이내 그만두었다. 사회에서
인정받는 사람으로 키우고 싶은 엄마의 마음은 너무나 당연하지
만, 그것은 결국 아이들의 적성을 전혀 고려하지 않은 일방적인
강요일 뿐이었다. 오히려 많은 사람들이 뒤늦게 직업이나 학과를
바꾼다는 것을 한 선생은 말하고 싶었다.

"직업 선택에서 적성을 파악하는 것은 무엇보다도 중요한 일입
니다."

한 선생은 어머니 앞에 적성검사 결과 보고서를 내밀었다.

"진수 군은 변화와 다양성을 선호하는 성격입니다. 의사와는

전혀 맞지 않는 결과였어요.”

“변화와 다양성이라면?”

“활동적이고 창의적이라는 뜻입니다.”

“……”

어머니는 말없이 한 선생을 바라보았다.

“진수는 외우는 것을 싫어하는 반면, 외향적이고 활동적이며 창의적인 특성을 지니고 있습니다. 적성검사 결과를 보면 의사보다는 오히려 해외 마케팅이나 외교관, 기자, 경영인, 애니메이션 기획자 등이 더 적합합니다. 어머니께서도 잘 아시겠지만, 이 결과는 다양한 검사와 데이터를 통해 분석한 신뢰할 수 있는 자료입니다.”

진수 엄마는 당황한 표정으로 보고서를 집어 들었다. 실망한 표정이 역력했다. 어딘가 잘못된 부분이 있을 거라 믿고 싶은 눈치였다. 절실함 때문인지 손가락이 바르르 떨렸다.

“설사 검사 결과가 그렇다 하더라도……. 의사가 되는 것이 진수를 위해서 좋을 것 같아요. 경제적으로나 사회적으로 안정된 삶을 살 수 있다면 그 정도 어려움은 극복할 수 있을 거예요.”

“진수 어머니, 시대가 변하면 선호하는 직업도 바뀌게 됩니다. 한때 많은 사람들이 의사나 변호사라는 직업을 선호했던 것은 사실이지만, 지금은 사회적 성공보다도 적성을 중요시하는 추세입니다."

한 선생의 설명에도 진수 엄마는 자신의 뜻을 꺾지 않았다.

"여보, 경제적 안정 때문이라면 의사가 아니어도 되지 않겠소?"

이사장이 아내를 향해 조심스레 물었다. 하지만 그 말은 진수 엄마의 마음에 닿지 못한 것 같았다. 진수 엄마는 한 선생을 향해 쓸쓸한 미소를 지으며 힘없이 말했다.

"시간이 좀 더 필요할 거 같아요."

"이제 겨우 검사 결과가 나왔을 뿐입니다. 이것만으로 아이들의 진로를 결정하는 것은 아니니까요. 시간을 조금 더 갖고 깊이 생각하신다면 진수나 어머니 모두를 위해서 좋은 결과를 얻을 수 있을 거라 생각합니다."

정혁 이야기
운동이라면 자신 있어

'믿을 수 없어. 내 능력이 고작 이 정도였어?'

검사 결과를 받아든 정혁은 충격에 휩싸였다. 자신의 기대치에 한참 못 미치는 검사 결과 때문이었다. 하지만 그보다 더 큰 충격을 받은 사람은 정혁의 엄마였다. 한 선생은 엄마를 상담실로 불렀다.

"대개 부모님의 기대치가 아이들의 실제 적성검사 결과보다 높게 나타납니다. 그만큼 아이에게 거는 기대가 크다는 것이겠지요."

엄마의 얼굴에 근심어린 표정이 떠올랐다.

"그리고 아이의 능력이나 적성을 정확히 파악하기보다는 부모가 기대하는 것을 아이들에게 일방적으로 요구하는 경우가 많습니다. 그 차이가 크면 클수록 아이들은 더 방황하게 되고, 갈등도 커지게 되지요."

엄마의 얼굴이 한층 더 어두워졌다. 요즘 들어서 자신과 정혁 사이에는 크고 작은 말다툼이 잦은 편이었다. 사실 아들의 꿈을 이해하지 못하는 것은 아니었다. 정혁은 어려서부터 유독 운동을 좋아하는 아이였다. 그러나 운동에 몰두하면서 공부와 멀어지는 아들을 볼 때면 불안감을 떨칠 수가 없었다. 지금이 아니면 영영 아들의 마음을 되돌릴 수 없을 것 같아 자신도 모르게 잔소리를 늘어놓았다. 한 선생의 말에 정혁 엄마는 고개를 끄덕였다.

"저도 알고 있어요. 다만 지나칠 정도로 운동에 매달려 공부를 소홀히 하니 걱정이죠."

"아이와 진지하게 대화해 본 적이 있으십니까?"

"그럴 여유도 없었어요. 공부를 아주 잘 하기를 바라는 건 아니지만 이건 너무 심한 것 같아요. 교과서라면 거들떠도 보지 않으니까 속도 상하고요."

"정혁이도 어머니처럼 불안해하고 있을 거예요. 정말 운동에 모든 것을 걸어도 되는 것인지, 아니면 포기해야 하는지를 놓고 많은 고민을 하고 있겠지요. 하지만 전문가의 상담을 받으면서 함께 고민을 풀어간다면 크게 도움이 될 겁니다."

엄마도 한 선생의 말에 고개를 끄덕였다. 지금처럼 아이와의 갈등만 자꾸 반복할 수는 없는 노릇이었다. 적어도 함께 목표를 정하고 전문가의 도움을 받는다면 상황은 지금보다 훨씬 나아질 터였다.

"운동을 선택한다고 해서 공부를 아예 포기하는 것은 아닙니다. 운동선수만을 목표로 하지는 않을 겁니다. 그와 관련된 다양한 진로가 있기 때문에 정혁이의 적성에 가장 맞는 것이 무엇인지를 찾고, 그에 따라 운동과 공부를 병행할 겁니다."

"우리 아이가 공부에는 영 소질이 없나요?"

들릴 듯 말 듯한 엄마의 한숨에서 미련이 느껴졌다.

"정혁이의 검사 결과를 보면 다른 사람들에 비해 운동 신경이 크게 발달해 있어요. 굳이 공부와 운동을 비교하자면 당연히 운동이 적성에 맞고요."

한 선생은 엄마가 실망하지 않도록 부드럽게 돌려서 말했다. 하지만 그 뜻을 모를 정혁 엄마가 아니었다.

"정혁이 아빠는 늘 아이가 좋아하는 일에 집중할 수 있도록 밀어 주자고 했지만, 정작 그렇게 하기는 쉽지 않았어요. 한두 번 야단을 치면 공부를 하지 않을까 싶어서 잔소리를 하다 보니, 달라지는 것은 없고 아이와의 갈등만 더 심해질 뿐이었어요. 정말 속상했던 것은 정혁이가 공부하는 시늉조차도 하지 않는다는 거예요. 열심히 하면 달라질지도 모르는데 말이에요."

"정혁이는 성격도 활달하고 밝은 편입니다. 도전 정신도 가지고 있으니 목표만 확실히 정한다면 더욱 적극적으로 행동할 겁니다. 운동을 하는 아이들은 다른 학생들에 비해 체력적인 소모가 많아서 어려움이 많을 겁니다. 그럴 때 어머니의 응원이 무엇보다도 큰 힘이 되겠지요. 앞으로 정혁이 본인과 구체적인 진로상담을 진행하고, 공부와 운동 양쪽에서 체계적인 계획을 세워 나갈 겁니다."

"네, 검사 결과까지 그렇게 나왔다면 저도 아이 재능을 믿어봐야죠, 뭐."

진영 이야기

엄마의 요리처럼 향기로운 꿈

　　진영 엄마는 학교에서 상담을 받은 후, 아직 누구와도 얘기를 나누지 못했다. 진영 아빠는 바쁜 회사 일 때문에 도무지 시간을 낼 수 없는 상황이었고, 자신 역시 생각이 정리되지 않은 상태에서 남편이나 진영이와 대화를 하기가 조심스러웠기 때문이었다. 마음이 한없이 무겁고 복잡했다. 생각을 정리할 겸 거실에 앉아 커피를 마시던 차에 전화벨이 울렸다.

　　이웃집 유리 엄마였다.

　　유리 엄마는 아이들 교육에 관한 정보는 물론 동네 사정까지 꿰고 있는 사람이라 엄마들 사이에서는 소식통으로 불렸다. 진영 엄마와도 아이들 문제로 가끔 전화를 주고받는 사이였다.

　　유리 엄마는 진영이에 대한 소식도 이미 전해 들은 모양이었다. 그래도 궁금한 점을 대놓고 물어보기에는 미안했던지, 딸 유리에 대한 불만부터 늘어놓았다.

"요즘 우리 유리 때문에 걱정이에요. 사춘기가 온 건지 툭하면 학원을 빠지지 않나, 어렵게 붙인 과외를 마다하지 않나. 우리 애가 진영이만 같았어도 걱정이 없을 텐데."

진영 엄마는 끓는 속을 달래며 조용히 대답했다.

"아니에요. 막내라 그런지 큰 애들이랑은 달라요."

"아유, 욕심도 많아. 부모 마음처럼 완벽한 애가 어디 있어요? 진영이 정도면 잘 하는 거죠. 진영 엄마는 좋겠어요. 애들이 하나같이 머리가 좋아서. 그나저나 진영이가 이번에 진로교육을 받는다면서요?"

"어떻게 알았어요? 소식도 참 빠르네."

"그래 뭐라던가요?"

"뭐, 아직은 검사 단계라 ……"

진영 엄마는 말끝을 흐렸다. 아직 적성검사 결과는 나오지 않았다. 요리에 관심이 많다는 말은 들었지만 좀 더 지켜봐야 할 것 같았다. 막내라고 그 동안 소홀했던 것은 아닌지 내내 마음이 편치 않았다. 문득 남편과의 대화가 생각났다.

"진영이 적성이라도 한번 알아보는 게 어때?"

남편의 말에 진영 엄마는 발끈하며 말했다.

"어쩌면 그렇게 무심하게 말할 수 있어요? 막내라고 신경도 안 쓰는 거예요?"

"신경을 쓰지 않는 게 아니라 진영이만이라도 제가 하고 싶은 일 하면서 살도록 해 주면 어떻겠냐는 거지. 제 언니 오빠를 생각해 봐. 하기 싫어하는 공부 억지로 시키느라 애들도 지치고, 당신도 힘들었잖아."

진영 엄마는 더 이상 대꾸하지 않았다.

"진영이는 당신을 닮아서 요리에 소질이 있는 것 같던데."

"당신, 정말?"

남편에게 화를 내긴 했지만 엄마 역시 큰 애들에 비해 진영에게 마음을 덜 쓴 것은 사실이었다. 하고 싶은 것을 할 수 있도록 지원해 주고 싶은 마음이 없는 것은 아니었다. 하지만 요리라니. 주위의 시선이 신경쓰였다. 엄마는 이런저런 생각 때문에 마음이 복잡했다. 그때 유리 엄마가 다시 말을 건넸다.

"요즘 그 진로교육이 인기가 좋더라고요. 나도 이참에 우리 애들 적성검사라도 해야 하나 싶어요."

역시 유리 엄마는 동네 제일의 소식통이었다.

"그래요?"

"네에. 요즘은 옛날 같지 않아서 가르쳐야 할 것도 많잖아요. 입시 경향도 바뀌고 있는 추세라 좋은 대학 보내려면 준비도 해

두어야 하고. 정말 걱정이에요."

진영 엄마는 자신도 모르게 입가에 미소를 지었다. 유리 엄마의 반응을 보니 적성검사가 쓸데없는 시간 낭비는 아니었던 모양이다. 전화를 끊고 나니 기분이 조금 풀려 있었다. 아직 결과도 나오지 않았는데 괜히 걱정부터 앞세운 것 같았다.

기다리던 결과가 나온 것은 며칠 뒤였다. 한 선생의 연락을 받고 상담실로 들어서는 진영 엄마는 설렘과 걱정으로 가슴이 뛰었다. 진영이 요리에 남다른 관심을 가지고 있다는 것은 이미 잘 알고 있었다. 하지만 딸을 요리사로 만들고 싶지는 않았다.

엄마 옆에 조용히 앉아 있던 진영이 조심스레 입을 열었다.

"제 꿈은 요리와 비슷하지만 요리사는 아니에요."

뜻밖이었다. 엄마는 안도의 한숨을 내쉬면서도 한편으로는 예상 밖의 대답에 놀라 진영의 얼굴을 바라보았다. 한 선생 역시 의외라는 표정이었다.

"요리와 비슷한 꿈?"

엄마가 마른침을 삼키며 진영을 향해 물었다.

"저는 늘 엄마가 만드는 요리에 관심이 많았어요. 가족들을 위해 다양한 재료들을 준비하셨죠. 그런데 엄마의 요리를 지켜보면서 아무리 좋은 재료도 어느 하나만으로 좋은 맛을 내는 건 아니라는 사실을 알았어요. 진짜 맛있는 음식은 다양한 재료들이 서로 조화를 이루면서 만들어지는 거죠. 엄마, 제 말이 맞죠?"

"어? 그렇지."

엄마의 당황하는 표정을 보며 진영은 미소를 지었다.

"재료들이 조화를 이루고, 음식이 완성되면 식구들이 하나 둘 식탁으로 모여 들어요. 엄마의 음식 솜씨는 가족들 모두가 알아 줄 정도니까요. 모두 모여 즐겁게 식사를 하는 모습을 보면 저는 정말 행복했어요. 엄마의 요리를 따라하면서 즐거웠던 것도 사실 이고요."

"……"

한 선생과 엄마는 조용히 진영의 다음 말을 기다렸다. 진영이 왜 요리를 좋아하게 되었는지 엄마도 그 이유를 오늘에야 알게 된 것이었다.

"요리에 대한 제 흥미는 거기까지예요. 하지만 앞으로 제가 어떤 일을 하게 된다면 엄마가 만드는 요리처럼 많은 사람들에게 즐거움을 주는 일을 하고 싶어요. 다양한 재료들을 모아, 좋은 맛과 향을 내는 그런 일 말이에요."

말을 마친 진영의 얼굴에 수줍은 미소가 떠올랐다.

"와, 진영이 기특한데? 선생님도 감동받았어."

한 선생이 큰 소리로 진영에게 말했다.

말없이 딸의 이야기를 듣고 있던 엄마의 눈가에 눈물이 맺혔다. 요리에 관심이 있는 줄은 알았지만, 요리에서 행복과 즐거움을 느끼고 그 즐거움을 다른 사람에게도 전하고 싶어하는 사려 깊은 아이인 줄은 미처 몰랐다. 요리사가 되겠다고 나설까봐 걱정했던 자신이 부끄러웠다.

"미안해, 진영아. 그런 생각을 하고 있는 줄은 꿈에도 몰랐구나."

엄마가 미소를 지으며 진영의 손을 꼭 잡았다. 진영은 부끄러운 듯 배시시 웃어 보였다.

"아이들은 가끔 어른들을 깜짝깜짝 놀라게 하지요."

한 선생도 즐거운 표정으로 말했다. 엄마는 여전히 입가에 웃음을 머금은 채 진영의 손을 토닥거리며 고개를 끄덕였다. 이전에는 느껴보지 못했던 따뜻한 사랑이 느껴졌다.

"여러 가지 재료들을 섞어 좋은 맛과 향을 낸다니, 진영이는 이미 자신의 적성을 정확하게 알고 있는 것 같은데요. 다양한 분야에 관심을 가지고 있어 박학다식한 것이 진영이의 장점이니까요."

진영과 엄마의 입가에 웃음이 번졌다.

"막내라서 걱정만 앞섰는데, 이젠 조금 안심해도 될 것 같아요. 아이가 원하는 일을 할 수 있도록 밀어 주고 싶어요."

여러 분야에 관심을 가지고 있다 보니 한 가지 일에 집중하지 못하는 것이 단점이긴 했지만, 진영은 어느새 훌쩍 자라 있었다. 엄마는 차분하게 자신의 꿈을 이야기하는 딸이 대견했고, 그 덕분에 막내에 대한 새로운 기대를 갖게 되었다. 그리고 이제 더 이상 자신의 바람을 아이에게 강요하지 않기로 결심했다.

오디션 VS 공부

"연예계 뉴스만 들어도 덜컥 가슴이 내려앉아요."

다혜 걱정으로 바늘방석에 앉은 듯, 엄마의 목소리가 불안하게 떨렸다. 오디션에서 수없이 떨어지고 그때마다 실망하는 딸의 모습이 안쓰러워, 재능있다는 말만 믿고 섣불리 나선 것은 아닌지 후회스러웠다.

다혜는 뛰어난 춤과 노래 실력으로 초등학교 때부터 단연 돋보이는 아이였다. 텔레비전에 나오는 가수들의 노래와 춤을 곧잘 따라하고 외모에도 남달리 신경을 쓰는 모습이 엄마의 눈에는 그저 재능으로만 보였던 것이다. 하지만 이제는 딸의 적극적인 모습을 볼 때마다 걱정만 더해갔다. 어설픈 재능만 믿고 너무 쉽게 생각한 건 아닐까?

오디션에서 탈락할 때마다 엄마의 불안은 점점 더 커졌다. 너무 늦기 전에 차라리 포기하고 공부에 관심을 가졌으면 하는 생각도 들었다.

엄마는 한 선생에게 고민을 털어놓았다.

"다혜가 연예계의 화려한 면만 본 것은 아닐까 겁이 나요."

"걱정하시는 건 이해합니다만, 검사 결과 다혜의 재능은 정말로 뛰어났습니다. 게다가 노력형이기도 하고요. 다혜는 다양한 재능을 함께 가지고 있습니다."

"정말인가요?"

행여 재능이 부족하다는 말이 나올까봐 속을 태우던 엄마의 목소리가 조금 밝아졌다.

"다혜는 가능성이 매우 높은 아이입니다."

"외모에 집착이 심해지면서 성형에까지 관심을 갖는 것을 보니까 괜히 아이한테 잘못된 것을 가르친 건 아닌지 걱정이 많았어요."

엄마의 말에서 불안한 마음이 고스란히 느껴졌다. 그건 다혜의 엄마뿐 아니라 스타를 꿈꾸는 아이를 가진 모든 부모들이 겪는 감정이다. 그런 다혜 엄마의 마음을 헤아리지 못할 한 선생이 아니었다.

"다혜가 학교에서 인기가 많다는 거 알고 계셨어요?"

"인기가 많다는 말은 하더라고요. 그런데 가만히 얘기를 들어 보면 정작 친하게 지내는 친구는 별로 없는 것 같아요."

"그래요?"

"그도 그럴 것이 다른 애들은 학원이다 뭐다 하면서 몰려다니는데, 우리 애는 연습실에서만 사니까요. 걱정스런 마음에 학원을 보내도 두 달을 넘기는 법이 없어요."

다혜도 은근히 걱정을 하고 있는 것 같았다. 연습에 몰두하다 보면 공부할 시간은 턱없이 부족했다. 그렇다고 공부에 시간을 투자하자니 그만큼 연습에 소홀할 수밖에 없었다. 목표를 명확히 설정하고 체계적인 계획을 세워 해결해야 할 복잡한 문제였다.

"재능을 따를 것인가, 공부를 할 것인가의 선택이 다혜에게는 가장 중요합니다. 요즘은 예체능계 학생들도 시간을 쪼개서 오전에 교과 수업을 마치고, 오후에는 전문 기관의 교육을 병행하기도 합니다. 다만 스타를 꿈꾸면서 연습과 공부 모두에 충실할 수는 없을 거예요."

엄마가 고개를 끄덕였다.

"다혜도 스트레스가 심한 모양이에요. 하지만 뾰족한 수가 있어야 말이죠. 연습을 안 할 수도 없고, 그렇다고 오디션 합격이 확실한 것도 아니고."

다혜 엄마는 걱정스런 표정으로 한 선생을 바라보았다.

"이제 적성검사가 끝났어요. 부모님이 동의하신다면 다혜를 위한 구체적인 대안을 제시하고, 그에 따른 분명한 목표를 정해 줄 겁니다. 다혜는 적극적인 아이니 아마 잘 해낼 거예요."

상담을 마치고 돌아온 후, 다혜 엄마는 혼자 생각에 잠겼다. 초등학교 때부터 남들 앞에 나서기를 유달리 좋아하는 아이였다. 한때는 그것이 마냥 즐겁고 자랑스럽기도 했다. 하지만 지금은 그 자리에 불안과 걱정이 스며들어 엄마의 마음을 한없이 무겁게 했다.

재능이 남다르다는 말에 안심하기는 아직 일렀다. 넘어야 할 산은 아직 많았다. 앞으로도 다혜는 그 산들을 넘다가 수도 없이 미끄러지고 주저앉게 될지도 모른다. 엄마의 발걸음은 여전히 무거웠다.

엄친아의 고민

동재는 여러모로 또래 아이들과 달랐다. 친구들보다는 오히려 대학생인 형이나 누나와 어울리는 것이 더 편한 것 같았다. 부모는 그런 아들을 지켜보면서 흐뭇하기도 했지만 한편으로는 걱정도 들었다.

"그래도 제 나이에 맞게 가르쳐야 하지 않을까요? 저러다가 학교 생활에 지장이라도 생기면 어쩌죠?"

동재는 뛰어난 머리를 지녔고, 분명 남들과 다른 것에 관심이 많은 특별한 아이였다. 그러다보니 부모가 직접 나서서 아이의 교육을 책임지기에는 한계가 있었다. 몇 번인가 시도를 해 보았으나 오래 지속하기는 힘들었다.

한신풍 선생으로부터 프로젝트 참여에 대한 제안을 받았을 때

동재의 부모는 뛸 듯이 기뻐했다.

"동재에게는 좋은 기회가 될 거예요. 프로그램에 대해 좀 더 면밀하게 살펴봐야겠지만, 솔직하게 걱정보다는 기대가 돼요."

동재 아빠의 기대는 컸다. 아빠를 닮고 싶어 어려서도 곧잘 아빠 흉내를 내던 아이는 어느새 아빠와 말투까지 닮아 있었다. 형이나 누나에게 애어른이라는 핀잔을 들은 적도 있지만 동재는 아랑곳하지 않았다.

"제 능력을 마음껏 발휘할 수 있도록 도와주는 것이 부모로서 할 수 있는 최선이오. 아이가 하고 싶은 공부를 하도록 지원해 주고 싶을 뿐, 그 이상은 바라지 않아요. 한 선생이란 분을 찾아가 봅시다."

"먼저 동재의 의견도 들어봐야 하지 않을까요?"

"물론 그래야지. 하지만 우리가 먼저 그 진로교육 프로그램에 대해서 정확하게 이해해야 동재에게도 도움을 줄 수 있을 거 아니겠소? 제대로 된 프로그램이라면 나는 적극적으로 지원해 줄 참이에요. 당신 생각은 어때요?"

"매번 실패만 해서 그런지 전 걱정부터 앞서네요."

"그나마 당신 덕분에 지금껏 동재를 잘 이끌어 왔어요. 앞으로도 동재에게 힘이 되어 줘요."

한 선생을 찾은 부부는 프로젝트에 대한 설명을 들었다. 기대

했던 대로 동재에게 도움이 될 것 같다는 판단이 들어 그 자리에서 적극적인 동참 의사를 밝혔다.

"먼저 동재에게는 영재성 평가를 실시할 계획입니다."

"이전에도 여러 번 검사를 받았어요. 검사 결과 과제집착력이 뛰어나다고 하더군요."

동재 아빠의 말이 맞았다. 동재는 영재성 검사에서 가장 우선시하는 과제집착력이 매우 뛰어났다.(영재판별기준으로 가장 중요한 요인은 지능(상위 3퍼센트 이내, IQ 130이상)과 과제집착력이며, 이중 강한 과제집착력이 지능보다 더 중요하다.) 다른 부분에서도 동재는 우수한 결과를 보였고, 지능도 상위 1퍼센트에 포함될 정도로 높았다.

"이미 알고 계시겠지만, 동재에게 일반적인 교과 과정은 적합하지 않습니다. 오히려 지적 호기심을 발휘할 수 있는 자유로운 탐구학습이나 체험, 실험, 현장학습이 필요하다는 결과가 나왔어요. 동재에게는 별도의 교육 프로그램을 적용하는 것이 바람직합니다."

한 선생은 동재를 위해 학교 부설 영재교육원을 추천했다. 학교에서도 지속적인 관찰을 통해 더 많은 것들을 판단하는 작업이 필요했기 때문이었다.

인생에도 내비게이션이 필요하다

적성탐색은 진로교육의 기본입니다. 마치 내비게이션에 목적지를 입력하는 것과 같지요. 목적지를 잘못 입력하면 고속도로로 갈 것인가 일반도로를 선택할 것인가 하는 결정은 의미가 없습니다. 자녀의 성향을 파악하는 데 있어 관찰, 선생님의 평가, 주관적인 판단 등 여러 가지에 의존하게 되는데, 가장 좋은 것은 역시 심리검사입니다.

일반적으로 적성은 성격, 능력, 흥미, 가치관 등 4가지 요인에 대한 종합적인 분석을 통해 판단할 수 있습니다. 단순히 여러 가지 검사를 동시에 받는다거나 네 가지 중 한 가지 요인만을 보는 것은 좋은 진단법이 아닙니다. 불행히도 보통의 학교에서는 적성진단교육이 제대로 실시되고 있지 않습니다. 진로상담 전문가도 없는 상황이지요. 지나치게 학습에만 치우친 교육행정이 진로교육을 부실하게 만들었습니다. 사교육에서도 기술과 미디어의 발달로 새로운 교육 서비스가 쉴 새 없이 쏟아져 나오는데 적성교육용 도구의 개발은 더디기만 합니다. 앞으로 시급히 개선해야 할 문제입니다.

꿈에 이르는 지름길

이제 완연한 봄이었다.

창밖으로 늘어진 버드나무가 아름다운 초록빛을 뽐내고 있었다. 교정 곳곳에서 새 학기를 시작한 아이들의 밝은 웃음소리가 들려왔다.

한 선생은 바쁜 일정 탓에 봄이 오는 것도 잊고 있었다. 검사결과 분석을 위한 전문가 팀과의 회의가 매일 늦게까지 이어졌고, 학생과 학부모와의 개별 상담이 진행했다. 프로그램의 진행 상황을 점검하는 회의도 정기적으로 열었다.

한 선생은 이사장실을 찾았다.

적성검사에 관한 상담 이후로 이사장은 고민이 더욱 깊어진 듯했다. 진수의 교육 문제로 아내와의 갈등이 깊어졌는지도 모를 일이었다. 그렇지만 진수의 태도가 이전에 비해 적극적으로 바뀌기 시작했다는 것은 큰 위안이 되었다. 밝은 색 양복을 입은 이사장이 웃음 띤 얼굴로 한 선생을 맞았다.

"한 선생님, 그 동안 바쁘다는 핑계로 차 한 잔 제대로 대접하지 못했군요. 프로그램은 잘 진행되고 있습니까?"

"예. 이제 적성탐색 단계는 마무리 되었습니다. 아이들은 물론이고 부모님들까지 적극적으로 상담에 응해 주신 덕분에 순조롭습니다."

"다행입니다. 모두들 기대가 대단한 모양이던데요?"

"네, 이제부터는 적성탐색의 결과에 따라 진로교육을 실행하는 단계입니다."

이사장이 고개를 끄덕였다.

하지만 어딘지 안색이 어두웠다. 진로교육에 반대하는 이사들과 학부모회가 새 학기를 맞아 교사들과 팽팽하게 맞서고 있다는 소식이었다. 입시를 강화하려는 뜻을 굽히지 않겠다는 것이었다.

성적이 우수한 학생들을 보다 적극적으로 관리해야 한다는 주장과 전체적인 실력 향상을 위한 대책을 세워야 한다는 목소리도 힘을 얻었다. 결국 외부 강사의 영입을 염두에 둔 것이었다. 이사장도 학부모회의 항의에 시달리고 있었다. 그럴 때마다 이사장은 이번 프로젝트에 이사회도 동의했다는 점을 분명하게 해 두었다.

이제 진로상담실에 대한 소문은 꼬리에 꼬리를 물고 있었다. 어디서부터 시작된 것인지도 모를 좋지 않은 소문들이 일파만파 퍼져나갔다. 학교 분위기가 어수선해지자 교사들조차 달가워하지 않는 눈치였다.

한 선생의 입지는 그만큼 좁아지고 있었다.

"예상하지 못한 반응은 아니었어요."

이사장은 별일 아닌 듯 말했지만, 목소리에는 근심이 어려 있었다.

"중요한 것은 지금부터입니다. 정보를 수집하고, 꿈을 하나하나 실천해 가는 거지요. 이 프로그램에 대한 진짜 반응은 결과가 나온 후에야 알 수 있을 겁니다. 그러니 지금 학교를 떠돌고 있는 근거없는 소문들에 대해서는 신경 쓰지 않으셔도 됩니다."

한 선생은 조용히 이사장을 바라보았다. 결과를 얻기까지 그 누구보다도 강한 인내심을 가져야 할 사람은 바로 이사장이었다. 그가 흔들린다면 이 프로그램은 결코 성공할 수 없을 것이다. 하지만 지금 한 선생의 눈에 비친 이사장은 분명 흔들리고 있었다. 한동안 생각에 잠겨 있던 이사장이 말문을 열었다.

"이사회의 반발에 대해서는 한 선생도 이미 알고 계시지요."

한 선생은 의아한 표정으로 이사장을 바라보았다.

"네에. 무슨 일이라도?"

"저로서는 학부모와 이사들의 의견을 계속 무시할 수가 없습니다."

"……?"

이사장은 외부 강사를 영입하기로 했다는 말을 힘겹게 꺼내놓았다. 물론 한시적인 조치라는 점을 밝혔지만, 한 선생은 선뜻 이해가 되질 않았다. 이사장의 목소리 역시 한없이 무거웠다.

"학부모회와 일부 이사들이 입시반을 더 강화하자고 뜻을 모았더군요. 진학률 문제를 내세워서 말입니다."

"그렇다면 진로상담반은 어떻게 되는 겁니까?"

"아, 상담반 프로그램에는 아무런 지장이 없을 거예요. 다만……."

"네, 말씀하세요."

"다만, 그쪽에서는 진로상담반처럼 입시반도 객관적인 평가를 받아야 한다고 주장하고 있어요. 학부모회에서도 입시반 강화를 원하는 목소리가 높습니다."

결국 이사장이 한 걸음 물러섰다는 말이었다.

박 이사가 이사장을 찾은 것도 신입생 학부모들의 항의 전화 때문이었다.

"모의평가가 끝난 후 결과에 따라 결정하기로 한 것 아닙니까?"

이사장은 박 이사에게 쏘아붙이듯 말했다.

"학부모들에게는 지금 당장이 중요합니다. 그러니 진로교육 프로그램을 진행하듯이, 다른 방향에서도 현실적인 대안을 내놓겠다는 겁니다. 굳이 반대만 하실 문제는 아니지요, 이사장님."

"매번 발등에 떨어진 불이나 끈다고 해결되겠습니까? 진로교육 문제만 하더라도 그렇습니다. 박 이사님은 처음부터 반대만 하지 않으셨습니까? 지금은 프로그램이 한창 진행되고 있는 상황이에요. 학생들도 긍정적인 반응을 보이고 있고요.

그러나 박 이사는 물러서지 않았다.

"이사장님, 이건 저만의 생각이 아닙니다. 절반 이상의 이사들이 동의하고 있는 문제이고, 학부모회에서도 이 의견에 찬성하고 있어요. 당장 올해부터 진학률이 떨어질 수도 있다는 우려가 나올 정도입니다."

"선생님들도 이 의견에 동의한다고 합니까? 자신들의 능력 때문에 진학률에 문제가 있었다고 하더란 말입니까? 외부 강사를 영입한다고 해결될 일이 아닙니다. 이 문제는 우리 재단의 총체적인 문제입니다."

"그렇다면 입시위주의 교육도 시범적으로 운영하는 방안은 어떠십니까? 진로교육 프로그램처럼 시범적으로 운영한다면 모두들 받아들일 것 아닙니까?"

이사장은 기가 막혔다.

"그러니까 결국은 또다시 경쟁을 시키자는 말입니까?"

"그렇게 진행해야 공평하지 않겠어요?"

박 이사는 주장을 굽히지 않았다. 난감한 일이었다. 박 이사는 이사장 앞에 서류를 내놓았다. 이사들과 학부모들의 서명을 받은 서류였다. 서류를 내려다보던 이사장은 한숨을 내쉬며 말했다.

"좋습니다. 그렇다면 결과에 대한 평가도 함께 하겠다는 뜻으로 받아들여도 되겠지요?"

"물론입니다. 이렇게 한다면 학부모들의 항의에도 대비할 수 있을 것이고, 학생들에게도 자신감을 불어넣어 줄 수가 있을 겁니다. 그저 진로교육에 반대만 한다고 생각하진 말아 주십시오. 이사장님."

이사장은 결국 박 이사의 제안을 받아들였다. 하지만 씁쓸한 마음은 감출 수가 없었다. 재단의 위기를 극복하기 위해 머리를 맞대기는커녕 한 치 양보 없는 줄다리기를 하는 꼴이었다. 박 이사 측에서는 성적이 우수한 학생들을 선발하여 시범 운영반을 구성하고, 소위 스타 강사들을 영입해 집중적인 시험 대비를 할 것이 분명했다.

이사장은 자리에 앉아 골똘히 생각에 잠겼다. 차라리 잘 된 일일지도 모른다는 생각이 들었다. 만약 이 경쟁에서 이긴다면 진로교육의 효과를 확실하게 인정받는 계기가 될 것이다. 재단의 성숙을 위한 아픔이라면 피할 수만은 없는 일이었다.

이사장의 얘기를 듣고 난 후, 한 선생도 상황을 이해할 수가 있었다. 다만 상담반이니 입시반이니 나누어 경쟁하는 모양새는 아무래도 마음에 들지 않았다. 교육의 변화를 읽지 못하는 이사들과 학부모들이 안타까웠다.

"한 선생님, 상황이 조금 복잡해졌지만 결국 달라지는 건 없을 거예요. 지금까지 해 온 대로 진로교육에만 힘을 쏟아 줘요."

이사장이 쓸쓸한 표정으로 웃으며 말했다.

"이사장님, 저는 진로교육에 대한 확신을 가지고 있습니다. 프로그램 진행에도 차질은 없을 겁니다."

한 선생의 자신감 넘치는 대답에 이사장의 안색이 조금 밝아졌다. 그제야 무거운 짐을 내려놓은 듯 한숨을 내쉬고 프로그램에 대해 물었다.

"학생들의 검사 결과는 어떻게 나왔나요?"

"먼저 진영이는 프로듀서가 적합하다는 결과가 나왔습니다. 다양한 분야에 관심이 많은 박식한 학생이더군요. 정혁이의 경우에는 여러 운동에 관심을 가지고 있어서 종목 결정에 약간의 어려움이 있었지요."

"그래서요?"

"분석 결과 축구가 가장 적합하다는 결론을 얻었습니다. 선수로서의 가능성이 충분한 아이니 앞으로는 지역 유소년 축구 클럽 등의 외부 활동에 대한 지원도 필요합니다."

이사장은 고개를 끄덕이며 부모들의 반응도 물었다.

"여러 번의 상담을 통해 어렵게 결심을 하셨어요. 진로교육은 부모님들의 동의가 있어야만 가능합니다. 정혁이의 경우에는 선수뿐만 아니라 운동과 관련된 다양한 직업들도 고려해 상담할 예정입니다. 그리고 다혜는 연예인이 되길 원하고 있고 또 재능도 있으니 기획사의 오디션 준비에 매진할 계획입니다. 물론 만약의 경우를 대비해 예고 진학도 준비할 겁니다. 진수는 문화콘텐츠 전문가가 되기 위한 단계별 목표를 설정해 두고 있고요."

"아, 예에. 그럼 동재는 어떻습니까? 영재성 검사도 했다고 들었는데 결과가 나왔나요?"

"예, 여러 분야에서 뛰어난 아이입니다. 검사 결과 상위 1퍼센트 이내에 해당하는 것으로 나타났고, 무엇보다 과제집착력이 뛰어났습니다. 상담반에서는 동재를 위한 별도의 프로그램을 준비하고 있습니다. 소위 말하는 엘리트 코스라고나 할까요? 가능하다면 조기 유학도 고려해 볼 만 합니다. 동재에게는 분명 다른 학생들과 다른 교육이 필요합니다. 초등학생으로 프로그램에 참여해 결과가 더욱 기대되는 경우이기도 합니다."

이사장의 얼굴에 화색이 돌기 시작했다.

"그럼 이제 정해진 목표를 향해 하나하나 준비해 나가면 되는 건가요?"

"그렇습니다. 부모님들과의 상담도 끝낸 상태니까요. 이제부터는 각자의 진로에 맞는 구체적인 사례들을 접해 보고, 그 과정을 통해 자신의 미래를 위해 무엇을 준비해야 하는지 스스로 파악해 나갈 것입니다.

"학생들의 반응은 어떻던가요?"

이사장은 신중한 표정으로 물었다.

"한창 호기심 많은 나이의 아이들입니다. 자신들의 검사 결과에 신기해하면서도 한편으론 자신감을 보이고 있어요."

"앞으로 프로그램을 적극 지원할 겁니다. 저쪽 사람들 일은 내가 맡아 처리할 테니 한 선생님은 아무 걱정하지 마시고 학생들 지도에만 전념해 주세요."

"네, 최선을 다하겠습니다. 이사장님."

이사장의 말에 한 선생은 다시 한 번 의지를 다졌다. 이제 본격적인 진로설계에 들어선 것이다. 앞으로는 아이들의 적성에 맞는 직업에 대한 구체적인 정보들을 수집하고, 롤모델을 선정해 각자 인터뷰를 진행할 것이다. 프로그램에서 가장 어려운 부분이기도 했지만, 그만큼 아이들이 큰 변화를 보이는 단계이기도 했다.

　그 동안의 다양한 경험을 통해, 한 선생은 확신을 가지고 있었다. 프로그램에 참여한 학생들 가운데는 이미 자신의 분야에서 크게 성공한 사람도 있었다. 다섯 아이들도 분명 이 프로그램을 통해 좀 더 나은 방향으로 변화할 것이다. 다만 프로그램에 참여하는 아이들에게 입시반과의 경쟁이라는 또 다른 부담은 주고 싶지 않았다. 지금까지도 경쟁으로 허덕이던 아이들이었다. 쉴 틈도 없이 경쟁 속으로 내몰 수는 없었다. 한 선생은 시범 평가에서 경쟁을 하게 될 것이라는 사실을 아이들에게 알리지 않겠다고 마음먹었다.

롤모델을 만나라

적성검사 결과에 대한 상담이 끝난 후 아이들은 상담실로 모여들었다. 모두들 흥분한 표정이었다.

"넌 결과가 어떻게 나왔어?"

진수가 정혁에게 물었다. 특히 정혁의 표정이 밝아보였기 때문이었다.

"뭐, 보나마나 아니겠어?"

"그럼 역시 운동? 너희 부모님도 허락하셨니?"

"이 몸이 운동 신경을 타고났다는 것을 과학적으로 검증받은 셈이지."

정혁의 말투에서 어느 때보다 자신감이 넘쳤다. 진수는 그 모습이 부러웠다. 책상 앞에서 꾸벅꾸벅 졸다가 매번 선생님에게

혼이 나던 정혁이 보란 듯이 운동장을 누비며 친구들의 부러운 시선을 받는 모습이 떠올랐다.

"이 프로젝트 정말 괜찮은 것 같아."

"뭐가?"

다혜의 말에 진수가 퉁명스럽게 물었다.

상담 이후 진수의 일상은 오히려 더 바빠졌다. 프로젝트에 빼앗긴 시간을 보충하기 위해 엄마가 과외를 하나 더 추가했기 때문이었다. 하지만 진수의 사정을 알 리 없는 정혁과 다혜는 마냥 즐거워 보였다.

"엄마 잔소리가 절반으로 뚝 떨어지지 않았니?"

"그렇다니까! 절반이 뭐야? 목소리도 얼마나 부드러워졌는데."

두 사람의 즐거운 대화에 진수의 표정이 더욱 어두워졌다. 정혁이 뒤늦게 진수의 기분을 알아차린 듯 눈치를 살폈다.

"진수 너 표정이 말이 아닌데? 괜찮냐?"

"글쎄다. 요즘 우리 엄마는 날 수학의 신으로 만들려는 모양이야."

진수는 땅이 꺼져라 한숨을 쉬었다. 정혁과 다혜의 표정도 덩달아 어두워졌다. 엄마는 아직도 의사의 꿈을 포기하지 못한 것 같았다. 다혜가 진수를 위로했다.

"그래도 너는 원래 성적이 좋잖아?"

"어, 어, 뭐."

"적성검사 결과는 어떻게 나왔니?"

"문화콘텐츠 전문가라던가?"

"……?"

"그런 직업도 있었어?"

모두들 의아한 표정으로 진수를 바라보았다.

"다른 나라에 문화를 알리는 일을 하는 사람이라고 들었어."

진수의 말에 아이들은 모두 웃으며 소리를 질렀다.

"야, 멋지잖아."

"병원에 틀어박혀 일하는 의사보다야 훨씬 낫지."

진수는 기분이 조금 풀렸다. 하지만 아직 엄마로부터 허락을 받지 못한 상황이었다. 문화콘텐츠 전문가라는 직업이 낯설기는 엄마도 마찬가지인 것 같았다. 아버지는 한 선생님의 뜻에 따르기로 결정한 것 같았지만, 엄마와의 미묘한 신경전은 여전히 계속되고 있었다.

그때 진영이 허둥대며 상담실로 들어섰다.

"야, 너희도 들었어? 학교에서 스타 강사를 초청한대."

하지만 그 소문은 이미 학교 안에서 모르는 사람이 없었다. 학부모들 사이에서 빠르게 퍼지기 시작하면서, 반 편성을 어떻게 할 것인지 관심도 증폭되고 있었다. 하지만 학생들은 썩 반기지

않는 눈치였다. 괜히 수업 시간만 길어지고 덩달아 숙제도 늘어
나지 않을까 다들 전전긍긍하는 것 같았다. 진수는 호들갑을 떠
는 진영을 향해 퉁명스럽게 말했다.

"넌 그 소식을 이제야 들었니?"

"아니, 그게 아니라……. 우리 진로상담반하고 모의평가를 같
이 받는다는 거 말이야. 벌써 저쪽에서는 성적이 우수한 애들만
모아서 반을 만들었다는 거 있지. 그러니까 우리는 개네들한테
상대도 되지 않을 거라고……. 너희들도 들었어?"

"뭐? 평가라니 그게 무슨 말이야?"

갑작스런 소식에 모두들 놀란 표정이었다. 프로그램 결과를 놓
고 상위권 아이들과 경쟁해야 한다니 믿기지가 않았다.

"설마 개네들하고 시험 성적으로 붙는 건 아니겠지? 그러면 우
리가 깨지는 건 너무 당연한 일이잖아. 안 그래?"

진영이 답답하다는 표정으로 정혁을 처다보며 대꾸했다.

"입학사정관 앞에서 하는 평가라잖아! 성적 좋은 애들이 유리
한 게 당연하지 않아? 그러니까 공부 잘 하는 애들이 좋은 학교에
가는 거잖아."

"에이, 설마?"

정혁은 여전히 믿을 수 없다는 투로 말했지만 이미 분위기는
싸늘하게 가라앉아 버렸다. 성적이 우수한 아이들과 경쟁한다면

그 결과는 불 보듯 뻔했다. 더욱이 상대편에는 스타 강사까지 합세했다. 뒤늦게 사태를 눈치챈 정혁이 물었다.

"어떻게 된 거야? 진수 너는 뭔가 알 거 아냐?"

"너희들은 그런 걸 왜 나한테 묻니? 난 지금 내 문제 하나만으로도 골치가 아프단 말이야."

하지만 진수 역시 걱정이 되기는 마찬가지였다. 이번 프로그램은 이사장인 아버지의 추천으로 이루어진 것이었다. 모두의 앞에서 참패하는 모습은 보이고 싶지 않았다. 진로교육을 한다고 할 때 언제고 이제 와서 경쟁이라니, 뭔가 잘못된 것이 틀림없었다. 무엇보다도 출발부터가 다른 아이들과 경쟁하는 것이 불공평하다는 생각이 들었다.

"분명 잘못된 소문일 거야. 생각해 봐. 우리 반에는 초등학생도 있잖아."

다혜의 말에도 일리가 있었다. 침울해 하던 아이들은 잘못된 소문이라는 쪽으로 결론을 내렸다. 진영이 고개를 갸웃거렸다. 이 소식을 알려준 것은 반 친구들이었다. 게다가 전교에서 성적이 우수한 학생들만 선발했다는 구체적인 정보까지 있었다. 하지만 초등학생인 동재도 있는데 경쟁을 붙인다니 선뜻 이해가 가지 않았다.

"야, 동재는 평범한 초등학생이 아니잖아. 걔는 영재니까."

정혁의 말에 분위기가 다시 흔들렸다.

그때 동재가 상담실로 들어섰다. 정혁은 벌떡 일어서더니 동재의 팔을 붙잡고 칠판 앞으로 데려갔다. 그리고 칠판에 수학 문제 하나를 적으려다가 생각이 나지 않는 듯, 진수에게 대신 문제를 내보라고 했다. 진수가 마지못해 문제를 내자, 정혁이 진지한 표정으로 동재에게 물었다.

"너 이 문제 풀 수 있어?"

"......?"

모두의 시선이 동재에게 쏠렸다. 머뭇거리던 동재가 조용히 분필을 들고 문제를 풀기 시작했다. 그 순간 아이들은 기운이 빠진 듯 제자리에 털썩 주저앉았다. 거침없이 문제를 푸는 동재의 모습에 희망은 한순간에 날아가 버렸다.

"야, 영재가 그 정도 문제도 못 풀 것 같아?"

진영이 투덜거리며 말했다.

"답은? 얘가 쓴 게 맞아?"

정혁은 배운 기억조차 없는 문제였다. 진수가 고개를 끄덕였다.

"야, 그럼."

정혁이 다급하게 아이들을 불렀다.

"만약에 시험을 본다면 동재가 아직 배우지 않은 문제라고 딱 잡아떼서 거부하면 될 거 아냐?"

"동재를 빼면?"

"······?"

동재는 이 상황을 이해할 수가 없었다. 진수가 가볍게 동재의 어깨를 두드렸다.

"얘들아, 시험은 안 된다. 중간 기말고사 준비하기도 바빠 죽겠는데 절대 안 될 말이야."

정혁의 몸부림에 모두들 힘없이 웃었다.

상담실로 들어선 한 선생은 학생들 사이에 흐르는 무거운 공기를 느꼈다.

"왜들 그래? 무슨 일이야?"

"선생님, 우리 상담반이 무슨 시험을 보게 되나요?"

다혜의 불만 섞인 질문에 다들 한 선생의 대답을 기다렸다. 한 선생은 입시반과의 경쟁에 대한 질문임을 단번에 알아차렸다. 그리고 미소를 지으며 대답했다.

"모의평가도 분명 시험이지만 중간고사나 기말고사와는 전혀 다르단다. 우리들은 그 동안 해 온 진로교육을 바탕으로 평가를 받을 거야. 물론 너희들한테는 조금 낯설겠지만 말이다."

한 선생의 말에 아이들은 어리둥절했다. 지금까지 부모님과 선생님이 시키는 대로 공부만 해 온 아이들이니 변화하는 입시제도에 대해 알 리가 없었다.

"입학사정관제에서는 이제까지와는 다른 방식으로 인재를 선발한단다. 성적만으로 학생을 뽑는 것이 아니라, 좀 더 다양한 방법으로 학생의 잠재력을 파악하는 거야. 사실 성적만으로는 그 학생의 모든 것을 다 알기 어렵거든. 그렇지 않니?"

"그럼 성적은 중요하지 않다는 얘긴가요?"

진영이 조심스럽게 물었다.

"야호."

정혁이 기쁜 마음에 환호하자 한 선생의 대답을 기다리던 학생들이 매서운 눈초리로 정혁을 쏘아보았다.

"그렇지는 않아. 기본적인 교과 성적도 평가 요소 중 하나니까 말이야."

"……?"

"하지만 미리 걱정할 필요는 없어. 이제부터 우리가 함께 하나하나 준비해 나갈 거니까. 너희들은 이미 적성검사를 통해서 각자가 가진 가능성과 성격, 흥미를 확인했잖니. 그렇지?"

"네에."

"아마 너희도 부모님과 함께 가능성 있는 직업들에 대해서 생각해 보았을 거야. 상담을 하다 보면 세상에 그렇게 다양한 직업이 있는 줄 몰랐다고 하는 친구들도 의외로 많단다. 세상에는 셀 수 없을 만큼 다양한 직업이 있는데, 정작 내가 하고 싶은 일이 무엇인지 몰라 고민하는 사람들이 너무나 많다는 뜻이지. 너희들과 처음 만났을 때 선생님이 항해 얘기를 했었지? 어디로 가야할지 확실히 정하고 준비한 사람들은 길을 잃거나 허둥거리지 않는다고 말이야. 너희들의 미래도 마찬가지야. 바로 오늘부터 그 중요한 과정들을 시작할 거란다."

한 선생의 말에 귀를 기울이는 아이들의 표정이 제법 진지했다. 천방지축 정혁도 어느새 자세를 바로잡고 앉아 있었다.

"선생님이 질문 하나 할게. 정혁이가 한번 대답해 볼까? 만약 네가 좋아하는 축구 선수를 만난다면 어떤 걸 물어보고 싶니?"

한 선생의 질문에 정혁은 망설임 없이 대답했다.

"어떻게 하면 저도 그런 훌륭한 선수가 될 수 있는지 묻고 싶어요."

"왜?"

"그야 제가 닮고 싶은 사람이니까요."

"맞아. 그 선수도 정혁이 네게 들려주고 싶은 말이 분명 있을거야. 자신이 어떻게 선수 생활을 시작했는지, 지금처럼 스타가 되기까지 어떤 노력을 했는지, 선수 생활을 하면서 어떤 어려움을 겪었는지 말이야. 만약 그 얘기를 직접 들을 수 있다면 네가 미처 생각하지 못했던 많은 것들을 알게 되겠지?"

정혁은 대답 대신 고개를 끄덕였다.

"물론 그 선수도 네가 자신이 걸었던 길을 그대로 걷기만을 바라지는 않을 거야. 가끔은 피하고 싶은 순간도 있었을 것이고, 아쉬웠던 일들도 많았을 테니까. 분명한 것은 축구 선수가 되기 위한 가장 바람직한 길을 알려줄 수 있는 사람이라는 거지. 자신이 가고자 하는 길을 먼저 걸어가 본 사람들을 만나 자신의 미래를 미리 경험해 보는 것, 롤모델이 될 만한 사람을 찾아 인터뷰를 해 보는 것도 좋은 경험이 된단다."

아이들은 한 선생의 말을 노트에 옮겨 적으며 열심히 귀를 기울였다. 이어 한 선생은 진수를 향해 물었다.

"진수야, 네가 만약 우리나라의 우수한 문화를 다른 나라에 알리고 싶다면 무엇을 준비해야 할까?"

"우선 그 나라의 문화에 대해서 잘 알고 있어야 할 것 같고요. 음… 그 밖에도 많을 거 같아요."

"그래. 하지만 무엇보다도 그 일을 하려면 그 나라의 언어를 잘 알아야겠지? 의사소통이 되어야 무슨 얘기든 나눌 수 있으니까 말이야. 또 진수가 말한 대로 그 나라의 문화에 대해서도 남들보다 훨씬 더 많이 알고 있어야 할 테고."

"네에."

선생님의 목소리가 진수의 가슴속에서 메아리치는 것만 같았다. 뭔가 저 밑바닥에 가라앉아 있던 것들이 서서히 깨어나는 느낌이었다.

"물론 모든 것들을 한꺼번에 배울 수는 없단다. 그러니 구체적인 계획을 토대로 차근차근 준비해 나가야 해. 그러기 위해서는 무엇보다도 너희들 각자의 노력이 필요하단다. 그만큼의 시간을 투자해야 할 것이고, 노력을 인정받기 위한 객관적인 자료들도 있어야 할 거야."

"만약 진로가 잘못되었을 경우에는 어떻게 해요? 처음부터 다시 시작해야 하나요?"

"좋은 질문이다. 처음부터 다시 시작해야 한다면 그것만큼 힘든 일도 없을 거야. 그렇기 때문에 진로설계가 중요하고 어렵기도 한 거란다. 선생님과의 정기적인 상담을 통해서 그때그때 조금씩 수정하고 어려운 점이 있다면 함께 해결해야지. 아까도 말했지만 각 분야에 관련된 직업은 매우 다양하단다. 그중에서 자신에게 가장 적합한 진로를 찾도록, 너희들은 물론이거니와 상담 선생님도 노력해야만 해."

"아직 궁금한 게 있어요."

"그래, 뭔데?"

진영은 아직도 입시반과의 경쟁이 마음에 걸렸다.

"그럼 입시반과의 경쟁은 어떻게 되는 거예요?"

"그래, 그 얘기를 하려고 이렇게 돌아왔구나. 그 동안은 성적을 위주로 학생을 선발했지만 이젠 입시에서도 다양한 평가 기준을 활용한단다. 자신의 적성을 파악하고, 그것을 위해 꾸준히 준비한 학생들이 이전에 비해 유리해졌지. 다시 한번 말하지만 입시반과 성적으로만 경쟁하는 일은 절대 없을 거야. 다만 시험도 평가 요소의 한 부분이라는 점을 잊어서는 안 돼. 하지만 나는 너희들이 자신의 능력과 잠재력을 믿고 최선을 다할 거라 믿고 있단다."

아이들은 마음을 짓누르고 있던 돌덩이가 떨어져 나간 듯 홀가분한 표정이었다. 시험 성적만으로 평가하는 것이 아니라면 승산이 있었다. 무엇보다 다섯 아이들은 자신의 적성을 정확히 알고 있고 철저하게 준비하고 있으니까.

한 선생은 아이들을 향해 진로설계를 위한 다음 단계를 설명하기 시작했다.

생소한 과제물

진수는 한 선생으로부터 '미카모토 씨와의 인터뷰'라는 과제를 받아 들었다. 미카모토? 진수는 고개를 갸웃거리며 한 선생을 바라보았다.

지난 상담 이후 진수의 마음속에도 이번 프로젝트에 대한 기대가 생겨났다. 하지만 막상 외국인과 인터뷰를 해야 한다고 생각하니 낯설고 부담스러웠다. 한 선생은 진수를 향해 미소지으며 짐작했다는 듯 말했다.

"너무 걱정하지 않아도 된단다. 미카모토 씨는 한국계 일본인이야. 인터뷰에 어려움은 없을 거야. 선생님이 미리 인터뷰 요청도 해두었단다."

"아, 네"

"미카모토 씨는 진수 네게 좋은 롤모델이 되어 줄 거야. 한국, 중국, 일본 3국의 문화콘텐츠를 다른 나라에 소개하고 알리는 일을 하고 계시지."

"휴우."

진수는 저도 모르게 한숨을 쉬었다.

"왜? 궁금하지 않니?"

진수는 풀이 잔뜩 죽은 표정으로 고개를 가로저었다. 왠지 자신이 없었다. 과연 잘 해낼 수 있을지 확신이 서지 않았다.

"용기를 내렴. 너에게는 아주 소중한 경험이 될 테니까."

집에 돌아온 진수는 인터넷으로 미카모토 씨에 대한 자료를 찾아보았다. 사진으로 본 미카모토 씨는 인자한 사람 같았다. 특히 콧수염이 인상적이었다. 사진을 보고 있자니 두려움도 조금씩 가라앉았다. 새로운 일을 시작하려면 무엇보다도 용기가 필요하다. 진수는 심호흡을 한 다음, 자료를 찾기 시작했다. 미카모토 씨와 그의 일에 대해 알면 알수록 '문화콘텐츠 전문가'라는 직업이 매력적으로 느껴졌다.

"또 무슨 게임을 그렇게 열심히 하는 거니?"

진수는 여전히 못마땅해 하는 엄마의 질문에도 아랑곳하지 않고 자료 수집에 몰두했다. 게임이 아니라는 것을 뒤늦게 눈치챈 엄마도 조용히 물러서서 아들을 지켜보았다. 먼저 말을 꺼낸 것은 진수였다.

"이건 진로상담반의 과제물이에요."

"과제물?"

물러서 있던 엄마가 모니터를 들여다보았다.

"네. 이 분과 인터뷰를 할 예정이거든요."

진수는 저도 모르게 미소를 지었다. 엄마는 모니터와 진수의 얼굴을 번갈아 바라보았다. 진수의 미소를 본 엄마는 조금 놀란 것 같았다. 아들이 뭔가에 이토록 집중하는 모습을 본 적이 없었기 때문이었다.

"이 분은 세계적으로도 유명하대요."

하지만 진수는 아직 문화콘텐츠 전문가라는 꿈을 꺼내놓을 수가 없었다. 괜히 엄마의 신경을 건드리고 싶지는 않았기 때문이었다. 하지만 그 동안 엄마의 생각도 조금 바뀐 것 같았다. 진수가 하는 일에 사사건건 간섭하며 못마땅해 하던 엄마가 이젠 한발 물러서서 진수를 지켜보고 있었다. 이것은 그 동안 진수가 노력한 결과이기도 했다. 진로 프로그램 덕분에 구체적인 목표와 계획을 갖게 되면서 자신감을 얻었고, 그 목표를 이루기 위해 공부에도 소홀하지 않겠다고 스스로 다짐했기 때문이었다. 엄마도 진수의 변화를 느낀 것이 분명했다.

진수는 준비한 자료들을 가지고 상담실을 찾았다.

"선생님, 여기 인터뷰 자료들을 준비해 봤어요."

"그래. 진수도 이제 좀 생기가 도는구나. 어디 한번 볼까?"

한 선생은 진수가 내민 인터뷰 자료를 꼼꼼히 살펴보았다. 수집한 자료에서 진수의 열정이 느껴졌다.

"직업에 관한 질문들이 많구나."

"네. 가장 궁금한 일이니까요."

"그래. 준비하기 어렵지는 않았니?"

"어려운 말들이 많았어요."

한 선생은 대견한 마음에 진수에게 미소를 지어 보였다.

"잘했구나. 하지만 개인적인 질문도 조금 더 해 보면 어떨까? 가족들과는 어떻게 지내시는지, 해외에 얼마나 머물고 계신지? 외롭지는 않은지 말이야."

"그런 질문도 괜찮을까요?"

"그럼. 처음부터 너무 어렵게 접근하지 않아도 된단다. 재미없는 일에는 누구나 쉽게 싫증이 나게 마련이거든. 한꺼번에 다 할수는 없잖니. 때로는 쉽게 접근하는 것도 필요해."

한 선생의 조언에 진수의 마음은 한결 가벼워졌다. 아닌 게 아니라 어려운 말들로 가득한 전문가 양성 교육과정 사이트를 보는 순간 가슴이 답답했기 때문이었다.

"서두르지 말고 차근차근 준비하렴. 너를 도와주는 분이라고 생각하면 어렵지 않을 거야."

화상 인터뷰는 순조롭게 진행되었다. 인터뷰를 위해 컴퓨터 앞에 앉기까지 진수는 몇 번이나 준비한 원고를 읽고 거울을 보며 머리를 매만졌다.

"네가 진수로구나. 아주 잘생겼는데?"

미카모토 씨는 진수의 긴장을 풀어 주려는 듯 부드러운 목소리로 인사했다. 진수는 미카모토 씨의 유창한 한국어 실력에 깜짝 놀랐다. 시간이 지나면서 그가 일본인이라는 사실조차 잊어버릴 정도였다. 미카모토 씨는 진수가 준비한 질문에 친절하게 대답해 주었다. 진수는 한 마디도 놓치지 않기 위해 꼼꼼히 메모를 하며 이야기를 들었다.

"진수는 이 일을 하기 위해서 무엇이 가장 필요하다고 생각하니?"

"저…저는 외국어를 배우는 것이 중요하다고 생각해요."

진수가 떨리는 목소리로 대답했다.

"그렇지. 외국어를 배우는 것도 매우 중요해. 하지만 그것보다 더 중요한 것이 있단다. 바로 자신의 문화를 사랑하는 마음이야. 우리 문화에 대한 사랑, 우리 언어에 대한 사랑이 있어야만 그 문화를 다른 나라 사람들에게도 자랑스럽게 알려줄 수 있지 않겠니?"

진수는 부끄러운 듯 머리를 긁적였다.

"하하. 내 말을 이해한 것 같구나. 나는 한국 문화를 매우 사랑한단다. 일본에서 태어나고 자란 내가 한국어를 이렇게 잘 하게 된 것도 결국 한국어에 대한 사랑이 있었기 때문이지."

미카모토 씨의 한국 사랑은 자료조사를 통해 이미 알고 있었지만, 그의 부드러운 말투에서는 진심이 느껴졌다. 덩달아 진수의 마음도 따뜻해졌다.

"선생님께서 어떤 일을 하시는지 궁금해요. 더 자세히 알 수 있을까요?"

"한중일 3국은 아시아권이라는 문화적 공감대를 형성하고 있지만, 한편으론 세계무대를 놓고 경쟁하는 사이이기도 하지. 문화 콘텐츠는 국가 간에도 서로 교류할 수 있단다. 한국의 가요나 드라마가 일본과 중국에서도 인기를 얻는 것처럼 말이야. 각 나라의 정서와 개성이 담긴 콘텐츠를 교류하면서 문화는 더욱 발전할 수 있는 거란다. 내가 하는 일을 간단히 말하자면, 그렇게 각국에서 유행하는 문화와 서비스를 다른 나라에 전파해서 새로운 붐을 일으키는 거야. 그러니까 문화의 전달자 같은 역할이라고나 할까?"

미카모토 씨의 설명에 진수의 가슴이 쿵쿵 울렸다. 자료를 통해 알고 있던 것들이었지만, 미카모토 씨의 목소리로 들으니 더욱 생생하게 가슴 속에서 꿈틀거리는 것만 같았다.

"가장 큰 성취감을 느끼셨던 때는 언제였어요?"

"문화의 흐름을 정확히 예측하고 콘텐츠를 소개해서, 내 예상대로 되었을 때 가장 뿌듯하지. 수많은 문화콘텐츠 가운데 훌륭한 것들을 골라 다른 나라에 소개했을 때 사람들이 열광하고 즐거워하는 모습을 보면 정말 가슴이 벅차단다. 또 내가 선택한 콘텐츠가 전파되면 경제적인 성공도 얻을 수 있어. 한류 열풍을 주도하는 배우나 가수들 중에는 돈을 많이 번 스타들이 많잖니. 그 뒤에는 나처럼 문화를 주도하고 기획하는 전문가들도 있단다."

미카모토 씨와의 인터뷰는 진수에게 큰 깨달음을 주었다. 인터뷰를 통해 얻은 것들은 쉽게 잊히지 않을 것이다. 그런 훌륭한 분이 자신의 꿈을 격려해 주고 있다는 사실만으로도 진수에게는 큰 힘이 되었다.

"이 인터뷰가 네게 조금이라도 도움이 되었으면 좋겠구나. 혹시 더 알고 싶은 게 있다면 언제든 메일을 보내렴."

미카모토 씨의 따뜻한 마음이 진수에게도 전해졌다.

진수는 마치 새로운 세계에 발을 내딛는 것처럼 설레는 마음을 떨쳐버릴 수가 없었다. 최고의 문화콘텐츠 전문가 김진수. 진수는 상상의 나래를 펼치며 미래의 명함을 정성껏 만들어 보았다.

'최고의 전문가가 되긴 쉽지 않겠지만, 그래도 항상 최고의 꿈을 잊어서는 안 돼. 난 전문가 중에서도 최고의 전문가가 될 거니까.'

그 어느 때보다도 자신감이 솟아올랐다. 진로라는 긴 항해 끝에 미래의 어느 항구에서 만나게 될 멋진 자신을 상상해 보라고 하셨던가? 진수는 한 선생의 말을 떠올리며 즐거운 마음으로 일기를 썼다. 그리고 정성껏 만든 명함을 몇 번이나 들여다보다가 책장에서 가장 눈에 잘 띄는 곳에 붙였다. 당당하게 방문에 붙이고 싶었지만 의사가 되길 바라고 있을 엄마에게 조금 미안한 마음이 들어 그만두었다. 하지만 미카모토 씨처럼 멋진 문화콘텐츠 전문가가 된다면 분명 엄마도 기뻐하실 것이다.

'성적을 조금만 더 올리면 너는 분명 해낼 수 있을 거야.'

엄마의 목소리가 귓가에 울리는 것 같았다.

진수는 책장에 붙인 명함을 오래도록 바라보았다. 일단 의사가 되고 난 후 좋아하는 일을 하겠다던 생각이 얼마나 무책임한 것이었는지 이제는 알 것 같았다. 당장의 어려움을 모면하기 위해 부모님에게 자신의 마음을 숨겨 온 것도 미안했다. 이제는 당당하게 자신의 꿈을 밝히고 노력하는 모습을 보여줄 때였다. 자신에게 솔직하지 않으면 그 누구 앞에서도 당당할 수 없으니까.

확실한 꿈이 생기니 공부에도 더욱 집중할 수 있게 되었다. 더 멋진 아들이 되어 엄마의 기대에 보답하고 싶었다.

"국제적인 문화콘텐츠 전문가가 되기 위해 가장 먼저 갖춰야할 것은 뭘까?

진수는 한 선생의 질문에 망설임 없이 대답했다.

"외국어 실력도 중요하지만 무엇보다도 우리 문화에 대한 애정을 가져야 한다는 것을 깨달았어요."

"그렇지. 자신의 문화를 모르면서 어떻게 남을 알 수 있겠어? 진수가 이번 인터뷰에서 많은 것을 얻은 모양이구나."

"네."

"그럼 준비한 것들을 조금 더 구체적으로 정리해 볼까? 먼저 공모전을 위해 포트폴리오를 만들어 보도록 하자. 다른 사람들 앞에서 우리말을 유창하게 하기 위해서는 발표 연습도 해야 할 거야."

진수는 우리말을 정확하게 구사하던 미카모토 씨의 모습을 떠올렸다. 그리고 자신이 해야 할 것들을 자세하게 적어 나갔다.

"그 다음에는 무엇이 필요할까?

"영어와 중국어를 준비해야 할 것 같아요. 전 세계에서 가장 많이 사용하는 언어니까요.

"그래. 그럼 중2까지는 중국어 시험인 HSK와 토익을 준비하자꾸나. 그리고 여력이 되면 토플에도 시간을 좀 할애해 보고."

"네."

"봉사활동에도 미리미리 시간을 좀 투자해 놓아야 할 것 같다. 문화연수에 참가하거나 관련 회사를 방문하는 현장 체험학습도 필요하고, 독서도 중요하니까 차근차근 준비하도록 하자."

상담을 마친 진수는 자신이 해야 할 것들에 대해 치밀한 계획을 세우고 실천해 나가기 시작했다. 매사에 자신감 없던 진수를 안타까워하던 엄마도 아들의 변화에 놀라는 눈치였다. 어학 공부에 매달리는 모습, 교과 공부에 집중하는 모습은 어느 면에서 보더라도 예전과는 전혀 다른 아이였다.

"저는 애니메이션, 만화와 같은 문화콘텐츠를 발굴하고 외국에 수출하는 일을 할 거예요. 대한민국 최고의 문화콘텐츠 전문가가 되는 것이 제 목표예요."

당당하게 자신의 의지를 밝히는 진수를 보며 엄마는 조금씩 마음이 움직이는 것을 느꼈다.

겁먹지 않기

'모든 게 다 엉망이야.'

다혜는 가방을 집어던지고 방문을 걸어 잠갔다. 늘 조용하기만 한 집안 분위기에 숨통이 막힐 지경이었다. 다혜는 음악을 틀어 놓은 채 비명에 가까운 소리를 질렀다. 친구들이 조금씩 자신의 길을 찾아가는 모습을 바라보면 마음은 더욱 초조해졌다. 이번 시험 결과를 생각하니 자신이 한심스러웠다.

프로젝트에 참여하면서 나름대로 치밀한 계획을 세우고, 미래를 위해 시간을 투자해야 한다는 생각으로 밤잠을 설쳤는데 성적은 자꾸만 바닥으로 떨어졌다. 결국 모두 헛수고였던 것일까?

"망했다, 망했어."

다혜는 볼멘소리를 내뱉었다. 오디션을 준비하는 틈틈이 학교 공부도 따라가야 한다는 사실에 늘 마음이 무거웠다. 연습에 집중하려고 하면 곧 학교 시험이 다가오고, 떨어진 성적을 올리려고 애쓰다보면 연습에 몰두할 수가 없었다. 차라리 둘 중 하나를 과감히 포기하고 싶기도 했지만 무엇을 포기한단 말인가. 다혜가 진로상담실을 찾아 온 것은 그 때문이었다.

다혜의 축 늘어진 어깨를 본 한 선생은 곧바로 상황을 파악했다. 다혜는 유달리 예민한 학생이었다. 때로는 불꽃처럼 열정적인 모습을 보이기도 했지만, 지금처럼 기분이 가라앉았을 때는 걷잡을 수 없을 정도였다.

"많이 힘든 모양이구나."

"전부 다 엉망이에요."

자리에 털썩 주저앉으며 다혜가 힘없는 목소리로 대답했다.

"네 표정만 봐도 알겠다. 뭐가 그렇게 엉망인지 선생님한테 말해 줄 수 있겠니?"

한 선생은 다혜 앞에 주스를 내려놓으며 물었다. 상담에서 지속적인 관심과 배려는 필수다. 모든 문제를 스스로 해결하기에는 아직 어린 나이였다. 어른들의 적극적인 이해와 배려, 따뜻한 관심이 큰 힘이 될 터였다. 다혜는 외모도 빠지지 않고 주위에 친구가 끊이지 않을 만큼 인기 있는 아이였지만, 정작 자신은 스스로에게 지나칠 만큼 인색했다.

"연습에만 집중하고 싶은데 이것저것 해야 할 게 너무 많아서 잘 안 돼요. 성적도 형편없이 떨어졌고요."

다혜는 고민을 듣고 난 한 선생은 이해한다는 듯 고개를 끄덕였다.

"물론 쉽지 않은 일이란 건 선생님도 알고 있단다. 모든 것을 다 잘할 수는 없어. 어떻게 모든 일에서 최고가 될 수 있겠니? 그래서 진로를 설계하고, 목표에 따라 꼭 해야 할 것들에 집중하자는 것이지. 당장 성적이 조금 떨어졌다고 흔들릴 필요는 없단다."

다혜는 속이 상한 듯 눈물을 흘렸다.

"혹시 다혜도 강한이라는 아이돌 스타를 좋아하니?"

다혜는 훌쩍이면서도 눈을 동그랗게 뜨고 고개를 끄덕였다.

"강한도 처음에는 너처럼 힘든 과정을 겪었단다. 수없이 고민하고 이겨내면서 지금의 자리까지 올라갔지. 지금처럼 고민이 많을 땐 똑같은 경험을 해 본 사람의 이야기가 큰 도움이 될 거야. 그래서 과제를 낸 거란다."

"인터뷰를 말씀하시는 거예요?"

"그래, 준비는 잘 되어가고 있니?"

다혜는 눈물을 닦으며 앞에 놓인 주스를 한 모금 마셨다. 혼란스러웠던 마음도 조금 진정이 된 것 같았다. 어느 누구도 모든 것을 다 잘 할 수 없다는 한 선생의 말이 위로가 되었다.

"네. 준비는 하고 있는데 …… 제가 정말 잘 할 수 있을까요? 사실 자신이 없어요."

"그래. 강해보이기만 하는 스타들도 처음에는 다 너처럼 생각했단다. 그러니 자신감을 가져. 지금부터 열심히 준비한다면 너도 분명 멋진 스타가 될 수 있을 거야. 하지만 명심하렴. 자신에게 어떤 장점이 있는지, 무엇을 어떻게 준비해야 하는지를 항상 생각하고 행동해야 한단다."

"전 늘 자신감을 가지려고 노력하고 있어요."

"정말이니?"

한 선생의 질문에 다혜가 멈칫거렸다.

한 선생은 그런 다혜를 보며 부드럽게 말했다.

"다혜야, 실은 너를 위해 준비한 것이 있단다."

한 선생의 말에 다혜는 놀란 듯 눈을 동그랗게 떴다.

인기 스타 강한은 사실 한 선생으로부터 진로교육을 받은 학생이었다. 그는 지금까지도 꾸준한 상담을 통해 자신의 진로를 개척하고 있는 수제자이기도 했다. 한 선생은 그런 강한이 다혜에게 큰 힘이 되어줄 수 있을 거라 생각했다. 그래서 다혜에게 강한을 인터뷰하도록 과제를 내주었던 것이다. 그것은 다혜의 자신감을 회복시켜주기 위한 선물이기도 했다.

"축제 때 강한을 초청하기로 했어."

"정말요?"

다혜는 믿기지가 않았다. 강한과 함께 무대에 선다니! 지금까지 갈고 닦은 실력을 많은 사람들 앞에서, 특히 자신의 우상인 강한의 앞에서 보여 줄 수 있는 기회였다. 다혜는 놀라움에 입술이 파르르 떨렸다.

"강한이 특별히 시간을 내주기로 했으니까 자연스럽게 인터뷰도 할 수 있겠구나. 열심히 준비해 보렴."

다혜의 우울한 기분은 생각지도 못했던 행운에 씻은 듯이 사라졌다. 상담을 마친 다혜는 부푼 마음을 안고 연습실로 향했다.

모두에게 너를 보여줘

강한의 무대가 준비되어 있다는 사실을 아는 사람은 그리 많지 않았다. 학교 축제에 어울리는 소박한 무대로 만들고자 했던 강한의 뜻도 있었지만, 무엇보다 깜짝 이벤트로 경쟁에 지친 학생들을 즐겁게 해 주기 위한 배려였다. 다혜는 축제를 위해 그 누구보다도 열정적으로 연습을 하고 있었다. 이미 뛰어난 가창력과 춤 솜씨를 갖춰 많은 칭찬을 받았지만, 최고의 아이돌 스타가 보는 앞이라 혹시 실수라도 하지 않을까, 웃음거리가 되진 않을까 조마조마했다.

"다혜 넌 분명히 잘 해낼 거야."

진수도 용기를 내어 다혜를 응원했다.

진로상담반 친구들은 다혜를 위해 무대 준비를 돕기로 자청했고, 부모들도 만약에 대비하여 안전요원의 역할을 담당하기로 뜻을 모았다. 한 선생은 다혜의 부모에게도 초청장을 보냈다. 이제까지 제대로 된 무대에서 노래하는 딸의 모습을 본 적 없는 부모였다.

'다혜야, 엄마는 네가 잘 해낼 거라 믿는다. 열심히 해 보렴.'

엄마는 마음속으로 다혜를 응원했다.

한 선생이 다혜를 무대 뒤로 불러냈다. 거기에는 이미 강한이 도착해서 한 선생과 인사를 나누고 있었다. 가벼운 옷차림의 꾸밈없는 모습이었지만 다혜에게는 여전히 다가가기조차 어려운 대스타로만 보였다.

"다혜야, 이쪽은 강한이야. 너도 누군지는 잘 알지? 인사하렴."

한 선생의 소개에 다혜는 어색하게 고개를 숙였다. 강한은 따뜻한 웃음으로 인사를 건넸다. 첫 만남의 어색함은 곧 사라졌다. 강한은 다혜를 배려해 이것저것 질문을 하며 분위기를 이끌었다.

"혹시 무대에 서 본 적은 있니?"

"큰 무대에 서 본 적은 한 번도 없어요."

발갛게 달아오른 다혜의 얼굴을 보며 강한은 다시 한 번 따뜻한 미소를 지었다

"그럼 많이 떨리겠구나. 나도 처음 큰 무대에 오를 때는 많이 긴장했단다. 실은 어떻게 오디션에 합격했는지도 기억이 나지 않

아. 난 스타가 되고 싶다는 마음 하나만 가지고 너보다 훨씬 더 준비가 안 된 채로 연습생 생활을 시작했어. 이리저리 부딪히면서 좌절한 적도 많았지."

강한 같은 대스타에게도 그런 시절이 있었다니, 다혜는 좀처럼 상상이 가질 않았다.

그 사이 강당에서는 축제의 막이 올랐다. 환호와 함께 박수가 이어졌다. 다혜는 오늘 이 무대에 올라 노래와 춤을 보여주기로 했다.

"한 선생님이 인터뷰에 대해 말씀해 주셨어. 이렇게 무대를 준비하면서 인터뷰를 해도 괜찮을지 모르겠다. 사실 나는 학교 생활에 그리 충실하지 못했어. 그래서 지금까지도 아쉬움이 많이 남아. 스타가 된다는 것은 자신과의 끊임없는 싸움이 아닐까 생각하곤 해."

강한의 말에 다혜가 용기를 내어 작은 목소리로 말했다.

"저는 늘 오디션에서 떨어졌어요. 부끄러운 얘기지만요."

"하하. 나도 오디션에 수없이 떨어졌는 걸. 다혜에게도 분명 기회가 있을 거야. 스타가 되기 위해선 무엇보다도 열정과 자신감이 중요하다고 생각해. 이제 조금 후면 무대에 서겠구나. 내 바로 앞 순서가 네 무대였던 것 같은데?"

"제 이름을 기억하세요?"

다혜는 얼굴이 달아올랐다.

"그럼, 한 선생님이 말씀하신 것보다도 훨씬 귀여운 학생인걸."

다혜는 몇 번이나 자신의 귀를 의심했다. 대스타에게서 귀엽다는 말을 듣게 되다니. 꿈에도 생각하지 못한 일이었다. 머릿속이 멍해지는 것 같았다.

다혜는 설레는 마음으로 무대에 올랐다. 강한의 따뜻한 응원 덕분일까? 무대에 오르기 전보다 오히려 긴장은 많이 풀렸고 몸은 가벼워 날아갈 것만 같았다. 다혜의 열정적인 무대가 끝나자 강당에서는 환호가 터져 나왔다. 다혜는 겨우 흥분을 가라앉힌 후에야 강한이 자신의 무대에 올라왔다는 것을 알아차렸다.

강당의 열기는 걷잡을 수 없을 정도로 뜨거웠다. 아이들 모두 잔뜩 흥분한 얼굴이었다. 다혜의 엄마 아빠는 무대 위에서 환호를 받으며 대스타와 함께 노래를 부르는 다혜의 모습에 그만 눈물을 쏟고 말았다.

무대에서 내려온 후 강한은 다혜의 어깨를 토닥여주면서 다정하게 말했다.

"노래 실력이 대단한데? 분명 넌 멋진 스타가 될 거야."

강한의 말은 다혜의 가슴속 깊은 곳까지 울렸다. 연습생 생활이 결코 쉽지는 않겠지만 자신을 위해 쏟은 땀은 분명 자신에게 돌아올 거라는 말, 자신도 한 선생님의 조언을 받으며 또 다른 꿈을 향해 나아가고 있다는 말, 학창시절에 아쉬움이 남지 않도록 모든 것에 최선을 다하라는 그의 말이 다혜의 귓가를 맴돌았다.

"다혜 네 이름 꼭 기억해 둘게. 언젠가 최고의 스타가 되면 우리 다시 같은 무대에 서는 거다."

강한의 마지막 인사에 다혜는 이제까지의 힘겨웠던 일들이 눈 녹듯 사라지는 것 같았다. 이 기억은 분명, 아무리 오랜 시간이 흘러도 잊지 못할 것이다. 작은 위로가 누군가에게는 평생의 추억으로 남을 수 있다는 것을 깨닫게 된 순간이었다. 비록 짧은 시간이었지만 강한의 한 마디 한 마디는 다혜에게 든든한 버팀목이 되어 줄 것이다. 다혜는 최고의 스타가 되어 강한과 같은 무대에 선 먼 훗날의 자신의 모습을 상상해 보았다. 이제 어떤 어려움이 있어도 씩씩하게 이겨낼 수 있을 것 같았다.

지난 과제를 통해 아이들의 마음속에는 저마다 작은 변화가 일어나고 있었다. 말없고 소심하던 진수도 조금씩 적극적인 모습으로 변해 갔다. 한 선생은 다섯 아이들이 수행할 과제물을 꼼꼼하게 선정했고, 필요할 때마다 조언을 아끼지 않았다. 진영 역시 학교 방송제에 직접 참가해, 짧은 방송이 나오기까지 보이지 않는 사람들의 노력이 얼마나 필요한지를 절실히 느꼈다.

"후에 유명한 피디와의 인터뷰도 진행하겠지만, 먼저 방송에 대한 체험을 해 보는 것이 좋겠구나."

한 선생의 말에 진영도 망설이지 않았다.

정혁에게도 인터뷰 과제가 주어졌다.

"조동수 선수?"

"그래. 하절기에는 축구선수로, 동절기에는 농구선수로 활약하는 만능 스포츠맨이지. 미국에는 여러 스포츠를 병행하고 있는 선수들이 꽤 있어. 우리나라에는 아직 많지 않지만, 어린 선수들이 자신의 가능성을 시험해 보는 좋은 기회가 될 것 같구나. 마이클 조던도 비록 농구로 성공했지만 야구선수로도 활약했고, 골프도 수준급이었단다."

"그러니까 선생님의 말씀은 여러 종목에 대해 두루두루 알아둘 필요가 있다는 뜻인가요?"

"그렇지. 정혁이 너는 은퇴한 후에 스포츠 매니지먼트 일을 하기로 했으니까, 여러 종목에 대해 미리 알아 둘 필요가 있을 것 같다."

초등학생인 동재에게는 미국으로 건너가 아이비리그의 교수가 된 천재 과학자 장하윤 교수와의 인터뷰 기회가 주어졌다. 한 선생은 부모와의 상담에서 장하윤 교수와의 인터뷰에 대해 자세히 설명했다.

"장하윤 교수는 한국인 최초로 하버드대 교수가 된 사람입니다. 이과 계통의 엘리트 교육을 받아 성공한 사례이기 때문에 동재에게도 매우 큰 도움이 될 겁니다. 인터뷰는 이메일과 화상통신을 통해 진행됩니다. 영재들의 경우 또래의 보통 아이들과 신체적인 발달은 비슷하지만 정신적, 인지적으로는 매우 차이가 많이 나기 때문에 고립감을 느끼거나 외로워하는 경우가 많습니다. 그래서 수준별 교육이 필요한 것이지요. 이번 인터뷰에서는 동재와 비슷한 과정을 거친 장하윤 교수에게 어떤 어려움이 있었는지, 그것을 어떻게 극복했는지 등을 집중적으로 물어보면 좋을 것 같습니다."

한 선생은 과제에 대한 자세한 설명과 조언도 덧붙였다. 처음 과제를 받았을 때는 막막해하던 아이들도 한 선생의 조언에 따라 계획을 다듬어 나가면서 조금씩 자신감을 갖게 되었고, 준비에 더욱 집중할 수 있게 되었다.

"각자 선택한 분야에서 성공한 사람 열 명만 만나면 앞으로 너희가 가려는 길이 결코 막막하지만은 않을 거야. 자신감도 생길 것이고, 꿈을 이루기 위해 어떤 것을 준비해야 하는지도 깨닫게 될 테니까. 하지만 실천하지 않는 꿈은 그저 헛된 것일 뿐이란다. 꼭 기억하렴. 알았지?"

"네."

한 선생의 말에 다섯 아이들도 힘차게 대답했다.

혼자서는 갈 수 없다

"진로설계에서 상담은 매우 중요한 단계입니다. 학생들이 점차 능동적으로 변해 가는 시기이지요. 자신의 노력에 따라 이제까지 꿈꾸었던 것들이 현실이 된다는 것을 직접 느끼게 될 것입니다. 이때 부모님들의 도움은 무엇보다 큰 힘이 될 수 있어요."

한 선생의 목소리에 자신감이 담겨 있었다. 한 선생의 말을 듣고 있던 부모들도 하나둘 고개를 끄덕였다. 아이들이 변하고 있다는 것을 누구보다도 잘 알고 있기 때문이었다. 해야 할 일들을 스스로 해 나가는 것은 물론이요, 꿈을 이루기 위해 단계별로 목표를 설정해서 매진하고 있는 아이들의 모습은 분명 큰 변화임에 틀림없었다.

"실제 인터뷰를 하면서 힘을 얻은 것 같아요. 스스로 부족한 부분을 채워야 한다고 말할 정도니까요."

"경쟁력을 갖기 위해서 자신에게 무엇이 필요한지 스스로 판단하게 된 것이지요. 이전과는 전혀 다른 자신의 모습을 발견하고 스스로에게 놀라고 있을 겁니다. 다만 너무 성급하게 다가가서는 안 됩니다. 결과 못지 않게 과정도 중요하니까요."

아이들의 변화를 지켜본 부모들의 분위기도 한껏 달아올랐다. 지금까지 아이의 공부에 모든 관심을 쏟았음에도, 정작 세상에 이렇게 다양한 직업이 존재한다는 것도, 아이의 적성이 무엇인지도 모르고 있었다는 사실이 부끄러웠다. 그리고 자신들의 꿈을 아이에게 강요하고 부모의 바람대로만 키우려 했던 것이 미안했다. 진수 엄마는 의사가 되고서도 정작 그 생활에 적응하지 못한 채 방황하는 진수의 모습이 눈앞에 보이는 것만 같아 아찔했다.

"하지만 걱정되는 점도 있어요."

"네, 말씀하세요."

"아이가 달라진 것은 확실한데, 왠지 자신의 능력에 실망하고 있는 것은 아닌지 걱정이 돼요. 예전에는 아무렇지 않게 넘긴 사소한 실수에도 쉽게 넘어가질 않아요. 전 그게 아이에게 상처가 되지나 않을까 솔직히 겁이 나요."

진영 엄마의 낮은 목소리에 분위기가 가라앉았다. 다른 부모들도 내심 걱정하는 부분이었다.

"사실 저도 그런 걱정이 전혀 없는 건 아니에요."

한 선생은 진지한 표정으로 대답했다.

"진로를 찾는 과정이 결코 순탄하기만 한 건 아닙니다. 때론 좌절과 절망을 느끼기도 하지요. 아이들은 벌써 자신의 능력을 시험해 보고 있을 겁니다. 실수를 발견하기도 했을 테고, 자신의 재능을 의심해 보기도 했겠지요. 하지만 결국은 그런 과정을 통해 더욱 성숙해질 겁니다. 자신의 진로에 문제가 발생했을 때는 더 세밀한 점검을 통해 문제점을 해결할 수 있는 방법을 찾아야 합니다. 무엇보다도 신뢰가 바탕을 이루어야 하는 것이죠. 그러자면 부모님의 도움이 절대적으로 필요합니다. 아직 아이들 혼자 모든 것을 짊어지고 갈 수는 없으니까요. 물론 저희는 진로에 대한 차선책까지도 준비하고 있습니다. 미래는 그 누구도 확신할 수 없으니까요. 하지만 최선의 미래를 만들기 위한 과정이니, 아이들도 그 기회가 소중하다는 것을 이해할 겁니다."

"그래요. 넘어졌을 때 제 스스로 일어서는 법도 배워야 하니까요. 정작 아이들은 변해 가는데 아직 부모들은 변화를 두려워하고 있는 게 아닌지 모르겠습니다."

격려의 박수가 쏟아졌다. 아이들을 향한 격려이기도 했지만, 어렵게 마음을 바꿔 아이들의 꿈을 지지해 주기로 결정한 스스로를 위한 격려이기도 했다.

"이제 부모님들께서 아이들의 서류도 꼼꼼하게 챙기셔야 합니다. 한 마디로 부모님께서도 공부를 하셔야 한다는 말이죠."

"그럼요. 아이들이 저렇게 노력하는데 우리도 더 열심히 공부해야죠."

모두들 입가에 웃음을 머금은 채 고개를 끄덕였다. 앞으로는 교육에서 부모의 역할이 한층 더 중요해질 것이다. 입시의 새로운 형태에 대해 제대로 이해하지 못한다면, 잘못된 공부 방법을 강요하며 아이들을 다그칠 것이고, 결국 갈등만 더 깊어질 것이 분명했다. 어른들에게도 공부가 필요하다는 것은 바로 그런 의미였다.

"지금은 부모님들이 공부하던 시대와 전혀 다릅니다. 특히 입학사정관제가 시행되면서부터 그 차이는 더욱 커지고 있습니다. 앞으로는 아이들의 재능을 키워주기 위해 부모 역시 그 분야의 전문가가 되어야 하죠. 또 아이들이 공부하고 노력한 것들을 철저히 기록으로 남겨야 합니다. 아이들이 그 모든 것을 직접 할 수는 없습니다. 반드시 누군가의 도움이 필요하지요. 결국 그 누군가는 부모님 아닙니까? 부모님의 적극적인 지원이 있어야만 아이들도 자신을 꿈을 이루기 위해 집중할 수 있을 겁니다."

"정말 우리 때와는 너무 달라요. 무엇을 어떻게 도와줘야 할지 정말 모르겠어요."

"아이들은 자신이 선택한 미래에 대해 다양한 방법으로 경험하게 될 겁니다. 책이나 인터뷰도 좋은 방법이지요. 마찬가지로 부모님도 여러 매체들을 통해 아이의 진로에 대한 지식을 공부해 두어야 합니다. 그래야 아이와 자연스럽게 소통할 수 있을 것이고, 무엇이 필요한지, 어떤 어려움이 있는지도 이해할 수 있을 테니까요.

부모들은 조금 긴장한 얼굴이었다.

"아이의 진로에 대해 함께 알아가려는 자세가 무엇보다 중요합니다. 때로는 부모님이 먼저 정보를 얻어서 아이들에게 주기도 해야겠지요. 아이의 든든한 버팀목이 되어 주세요. 때로 의욕이 지나치다보면 짜증을 내기도 할 것이고, 성과에만 연연할지도 모릅니다. 부모님들도 그런 아이의 변화에 능동적으로 대처할 수 있어야 합니다."

부모들의 걱정스런 얼굴을 보며 한 선생은 자신이 너무 많은 것을 주문한 것은 아닌가 생각했다. 하지만 이 고비를 넘어선다면 아이와 부모들 모두 더 좋은 결과를 얻게 될 것이다. 한 선생은 그렇게 믿고 있었다.

적성 요인	항목	초등학교			중학교			고등학교		
		1~2	3~4	5~6	1	2	3	1	2	3
인성 함양	글로벌	문화콘텐츠에 대한 정보와 트렌드를 파악하고, 수입수출 업무를 담당해야 하므로 글로벌 감각이 필요하다. 문화체험캠프 또는 해외문화탐방 등에 적극 참가할 것을 추천한다.								
		-	-	-	영어 채팅	-	글로벌 자원 봉사	글로벌 리더 캠프	-	
	리더십	문화콘텐츠 기획, 운영, 관리 등의 업무를 진행하기 위해서 원활한 커뮤니케이션 능력과 판단력, 추진력, 협상력 등 종합적인 리더십이 요구된다. 청소년 밴드나 연극 동아리 활동 등을 통해 다양한 경험을 쌓을 것을 추천한다.								
		-	-	-	-	리더십 캠프	동아리 활동	국토 대장정	-	-
	봉사 활동	기념일마다 양로원, 보육원 등에서 각종 행사가 열리므로, 봉사활동에 참가하여 행사 전반을 기획하고 진행해 볼 것을 권한다. 또한 지역별로 개최되는 문화예술 행사에 자원봉사자로 참여해 보는 것도 추천한다.								
		-	-	-	-	장애인 체험 봉사	자원 봉사 캠프	-	자원 봉사 대회	-
역량 계발	외국어 · 자격증	주요 기관이나 단체 등에서는 대체로 높은 외국어 실력을 요구하므로 TOSEL 같은 실기 위주의 어학시험을 준비할 것을 추천한다.								
		-	-	-	-	TOEIC TOSEL 700점	HSK	TOSEL 800점	-	-
	공모 · 경시	연극, 영상, 공연 등 문화예술 분야의 다양한 동아리 활동을 통해 행사를 기획하고, 활동 관련 자료를 사진 및 동영상으로 남길 것을 권한다.								
		-	-	-	-	청소년 문화 축제	청소년 연극 축제	예술 디자인 캠프	시나 리오 공모전	-
흥미 고취	캠프 · 체험	국립극장, 예술의전당, 청소년 문화센터 등에서 진행하는 프로그램에 적극 참가할 것을 권한다. 또한 다양한 지역 행사에 참가하여 견문을 넓히는 것도 필요하다.								
		-	-	-	-	연극 캠프	촬영장 탐방	-	-	-
	독서	다방면의 지식과 창의적 아이디어가 필요한 직종이므로, 광범위한 독서가 필요하다. 특히 예술, 문화, 전통, 여행 등 문화예술 관련 도서를 적극 추천하며, 마케팅이나 경영서 등도 함께 읽어 볼 것을 권한다.								

적성 요인	항목	초등학교			중학교			고등학교		
		1~2	3~4	5~6	1	2	3	1	2	3
인성 함양	글로벌	운동선수에게 글로벌 감각이 필수적인 것은 아니지만, 해외진출을 희망하거나 스포츠 기획 분야를 고려할 경우 외국의 레저스포츠 문화 전반에 대한 이해가 필요하다.								
		-	-	-	-	-	-	글로벌 자원 봉사	-	-
	리더십	축구, 야구, 농구 등 단체 경기에서는 지도력과 통솔력이 매우 중요하다. 체육과 관련이 없는 분야라도 동아리 활동과 학급 임원 활동 등을 통해 리더십을 쌓을 것을 권한다.								
		-	-	-	-	리더십 캠프	동아리 활동	해병대 캠프	-	-
	봉사 활동	스포츠 정신의 기본은 다른 사람에 대한 배려이다. 요양원, 재활원, 특수교육시설에서 신체적으로 자유롭지 못한 사람들을 돕는 봉사활동을 추천한다.								
		-	-	-	-	장애인 체험 봉사	자원 봉사 캠프	-	-	-
역량 계발	외국어 · 자격증	운동선수를 목표로 할 경우 해당 분야의 대회 수상 실적이 무엇보다 중요하지만, 향후 트레이너나 지도자의 길을 희망한다면 관련 자격증을 취득하는 것도 필요하다.								
		-	-	-	-	-	-	-	-	-
	공모 · 경시	선택 종목과 관련한 각종 대회에 출전하는 것이 필요하다. 대중적인 프로 스포츠 종목이 아닌 경우, 최소한 전국규모의 대회입상 또는 국가대표선발을 목표로 해야 한다.								
		-	-	-	-	-	-	-	-	-
흥미 고취	캠프 · 체험	어릴 때부터 각종 운동 종목을 경험해 보면서 자신의 적성에 맞는 종목이 무엇인지 파악해야 한다. 조기 트레이닝이 필요하므로 초기 판단이 매우 중요하다.								
		-	-	-	-	-	-	-	-	-
	독서	운동에 필요한 인체, 의료 분야는 물론, 마음을 다스리고 상식을 넓힐 수 있는 심리, 마케팅 서적까지 다양하게 읽어 보기를 권한다.								
기타		체고 또는 일반고 진학 여부를 결정해야 한다. 대체로 운동선수만을 목표로 한다면 체고, 스포츠 관련 기획, 매니지먼트 분야를 희망한다면 일반고가 유리할 것으로 판단된다.								

진영의 진로설계 로드맵 : 방송 프로듀서

적성요인	항목	초등학교			중학교			고등학교		
		1~2	3~4	5~6	1	2	3	1	2	3
인성함양	글로벌	범위한 지식과 안목이 필요한 직종이므로, 외국의 사회문화적 현상 전반에 관심을 가지고 관련 활동을 하는 것이 필요하다. 다양한 장르의 외국 프로그램도 접해 볼 것.								
		-	-	-	-	영어채팅	모의국제대회	글로벌자원봉사	글로벌리더캠프	-
	리더십	프로듀서는 프로그램의 총 책임자 리더이므로 종합적인 리더십이 반드시 필요하다. 다양한 리더십 캠프, 리더십 활동에 적극 참가하고, 규모가 큰 단체의 일원으로 활동하면서 체계적으로 리더십을 길러야 한다.								
		-	-	-	-	리더십캠프	동아리활동	국토대장정	-	-
	봉사활동	개별 활동보다는 규모가 큰 민간단체나 종교단체를 통해 봉사활동에 참가할 것을 권한다.								
		-	-	-	-	장애인체험봉사	자원봉사캠프	-	자원봉사대회	-
역량계발	외국어 · 자격증	토익, 토플, 한국어 능력시험, 한자능력검정시험 등 공인 어학시험 준비가 필수적이다. 비판적 사고력 인증시험(TOCT)에 응시하여 프로듀서의 핵심역량을 기를 것을 추천한다.								
		-	-	-	-	TOEIC	TOSEL 700점	한국어능력시험	TOCT	TOSEL 800점
	공모 · 경시	독서, 논술, 토론 경시대회에 적극 참여하여 논리력과 비판적 사고력을 계발해야 한다. 방송과 미디어 관련 공모전 및 경시대회에도 꾸준히 참여하여 수상 실적을 쌓을 것.								
		-	-	-	-	UCC공모전	-	미디어경시대회	독서토론대회	-
흥미고취	캠프 · 체험	실무 능력을 기르기 위해 중고등학교 방송반 활동에 반드시 참가해 볼 것을 권한다. 또한 외부 활동으로는 방송, 미디어 관련 캠프나 체험학습을 추천한다. 청소년 영상제, 영화제 등의 미디어 축제에도 적극 참가하여 역량을 수상을 노려 볼 것.								
		-	-	-	-	기자단체험	방송국탐장	방송반활동	미디어캠프	-
	독서	철학, 정치, 행정, 심리학 등 광범위한 지식은 물론, 이를 사회 현상에 적용할 수 있는 능력 또한 요구되므로 다양한 분야의 도서를 섭렵해야 한다.								

적성요인	항목	초등학교			중학교			고등학교		
		1~2	3~4	5~6	1	2	3	1	2	3
인성함양	글로벌	한류열풍으로 연예인의 활동영역이 넓어지면서 글로벌 감각과 어학능력이 점차 중요해지고 있다. 특히 해외진출을 희망할 경우 외국 문화에 대한 전반적인 이해도 필요하다.								
		-	-	-	-	영어채팅	글로벌자원봉사	-	-	-
	리더십	사교적인 활동을 통해 대인관계능력을 지속적으로 계발하는 것이 필요하다.								
		-	-	-	-	리더십캠프	동아리활동	해병대캠프	-	-
	봉사활동	노인복지시설, 장애인 시설 등을 정기적으로 방문하기를 권한다.								
		-	-	-	-	장애인체험봉사	-	-	자원봉사대회	-
역량계발	외국어·자격증	특정 자격이나 어학실력이 필요하지는 않으나, 장기적으로 해외진출을 염두에 두고 있다면 실용회화 중심의 어학능력 계발이 반드시 필요하다.								
		-	-	-	-	-	TOSEL 700점	제2외국어	TOSEL 800점	-
	공모·경시	기획사의 오디션에 참가하여 역량을 계발하고 객관적으로 평가할 필요가 있다. 한국예술종합학교나 서울종합예술학교에서 주최하는 예술대회에 참가해 보기를 권한다.								
		-	-	-	-	-	예술대회참가	-	-	-
흥미고취	캠프·체험	영화 촬영장 탐방, 방송 관련 아르바이트 등 다양한 경험을 쌓는 것이 중요하다. 관심 있는 스타에 관한 다큐멘터리, 인터뷰를 통해 정보를 얻는 것도 도움이 될 것으로 판단된다.								
		-	-	-	-	연극동아리	청소년직업체험	-	-	-
	독서	풍부한 감성이 요구되는 직종이므로 다양한 문학 작품을 읽어 볼 것을 추천한다. 스타의 삶에 관한 에세이, 자기계발서 등을 통한 지속적인 동기부여도 필요하다.								
기타	취미활동	헬스, 요가, 댄스 등 자기관리형 취미 활동을 적극 추천한다. 또한 밴드, 영화, 방송 등 희망 분야와 관련된 동아리 활동도 권장한다.								

적성 요인	항목	초등학교			중학교			고등학교		
		1~2	3~4	5~6	1	2	3	1	2	3
인성 함양	글로벌	외국과의 교류가 활발한 직군이므로 글로벌 감각이 반드시 필요하다. 관련 분야의 해외 전문잡지를 구독하고, 모의 국제회의에 참가하여 전문가로서의 역할을 경험해 보도록 한다. 교환학생이나 해외대학 진학 등을 대비하여 영어에 충실할 것.								
		-	-	해외 문화 탐방	-	영어 채팅	모의 국제 회의	글로벌 자원 봉사	-	-
	리더십	많은 사람들과 소통해야 하므로 개방적인 리더십이 요구된다. 동아리 활동이나 리더십 캠프 등을 통해 유익하고 즐거운 리더십 활동을 경험해 볼 것을 권한다.								
		-	-	리더십 캠프	동아리 활동	리더십 캠프	-	국토 대장정		
	봉사 활동	특별히 봉사정신이 필요한 직군은 아니지만, 일정 수준의 소양과 사회적인 책임 의식이 필요하므로 일회적인 봉사활동은 지양하고 복지시설 등을 꾸준히 방문할 것을 권한다.								
		-	가족 단위 봉사	-	-	장애인 체험 봉사	자원 봉사 캠프		-	-
역량 계발	외국어 · 자격증	영어 등 외국어 능력이 반드시 필요한 직군이므로 어학시험에 꾸준히 응시하도록 한다. 해당 분야의 전문 자격증 외에도 오피스 활용에 관련한 자격증을 취득할 것을 추천한다.								
		-	-	TOSEL	-	TOSEL TOEFL	-	-	컴퓨터 자격 시험	-
	공모 · 경시	이성적인 사고능력을 키우기 위해 독서토론이나 논술경시대회에 참가해 볼 것을 권한다. 또한 이과계열에 적합한 통계경시대회, 올림피아드 등에 도전하는 것도 고려해 볼 수 있다.								
		-	-	-	독서 토론 논술 대회	통계 경시 대회	-	올림피 아드	논술 대회	-
흥미 고취	독서	정치, 경제, 사회 분야의 다양한 도서를 읽어 볼 것을 권한다. 특히 희망하는 분야의 잡지를 정기구독 하는 것도 추천할 만하다.								

진로설계지도는 학교에서부터

진로교육의 두 번째 요소는 진로설계지도입니다. 보통 진로지도라고 하면 적성지도만을 생각하는데, 학생들이 원하는 것은 어떠한 준비과정을 거쳐야 목표에 도달할 수 있는가에 대한 답입니다. 그리고 진로컨설팅의 핵심은 그 과정을 각자에게 맞게 설계해 주는 것입니다. 하지만 모든 아이들이 비싼 컨설팅 서비스를 받을 수는 없습니다.

학생들을 각자의 진로목표와 특성에 맞게 관리하는 것은 대단히 어렵지만, 궁극적으로 교육이 지향해야 할 가치입니다. 하지만 지금의 학교 현실에서는 이러한 교육을 실현한다는 것이 매우 어려워 보입니다. 각 학교의 진로상담가들에게 가장 필요한 것은 빠르게 변해 가는 우리 사회에서의 직업, 진로 및 입시지도의 변화에 대응하는 것입니다.

학교 교육이 사회의 변화에 뒤져서는 수요자인 학생과 학부모들을 만족시킬 수 없습니다. 학부모들이 사교육을 찾는 원인이 바로 여기에 있습니다. 입시제도의 변화에 맞추어 학교도 빠르게 변화해야 합니다. 입학사정관제를 통해 학교와 교육행정이 보다 현실적인 변화를 보여주기를 기대합니다.

3단계 진로상담

꿈은 다듬을수록 빛나는 보석 같은 것

진로반과 입시반이 보이지 않는 경쟁을 시작한 후 학부모들의 반발은 잦아들었다. 이젠 입시반에서 초빙한 스타 강사의 강의에 너무 많은 학생들이 몰려 오히려 골머리를 앓고 있는 듯 했다. 박 이사는 입시반에 대한 뜨거운 관심을 이사장에게 보란 듯 설명했다. 하지만 이사장은 재단 내부의 갈등을 부추기는 이런 경쟁이 안타깝기만 했다. 이사장은 그나마 재단 내에서 중도적인 입장을 취하고 있는 정 이사를 찾았다. 정 이사는 이사장에게 답답한 속내를 털어놓았다.

"이사장님, 다른 선생님들의 불만이 이만저만이 아닙니다. 이 사회와 학부모회 사이에서 이리저리 치여 가뜩이나 힘든 상황에, 스타 강사를 초빙한 입시반에만 학생들이 몰리니 당연히 자존심이 상하겠지요. 교사의 업무량이 많다는 것은 모두가 알고 있는 사실 아닙니까? 선생님들의 사명감에만 기대 슈퍼맨이 되기를 강요할 수는 없습니다."

"정 이사님, 저는 입시반에 대한 관심이 결국 잠깐에 불과할 거라 봅니다. 성적이 우수한 학생들만을 위한 입시반은 선택받지 못한 나머지 학생과 학부모들에게 소외감을 줄 것이고, 결국 공감을 얻지 못할 겁니다. 게다가 아무리 대단한 스타 강사가 온다고 해도 지금까지 우리 학교에 몸담아 온 선생님들은 대다수 학생들의 버팀목이나 마찬가지 아닙니까?"

"하지만 어수선한 학교 분위기도 생각해 주셔야지요. 모의평가까지는 아직도 한 달 넘게 남았는데 학생들은 이미 입시반과 진로상담반의 경쟁 이야기로 떠들썩합니다. 이렇게 자꾸 갈등만 일으키느니 차라리 평가 일정을 앞당기면 어떻겠습니까? 재단 내부의 갈등도 가라앉혀야 하고 어수선한 학교 분위기도 수습해야 하니까요."

정 이사의 말에도 일리가 있었다. 이번 프로젝트에 이사장의 운명이 달렸다느니, 재단의 흥망이 달렸다느니 하는 근거 없는 소문들은 이제 인근 학교까지 퍼져 나가고 있었다. 이사장도 그 사실을 모르는 것은 아니었다. 하지만 약진재단이 변화하고 위기를 벗어나기 위해서, 언젠가 한 번은 겪어야 할 고비였다. 이대로 물러설 수는 없었다.

"모두의 관심을 받고 있다면 차라리 잘된 일인지도 모릅니다. 진로교육의 결과를 공정하게 평가받을 수 있을 테니까요. 이럴 때일수록 냉정하게 지켜보는 사람들이 필요합니다. 앞으로 한 달 후면 결론이 납니다. 조금만 더 지켜봅시다."

정 이사는 더 이상 아무런 대꾸도 하지 않고 조용히 서 있었다.

"태풍이 온다지요? 그런데도 바람 한 점 없이 고요하네요."

이사장은 창가에 서서 운동장의 늘어진 수양버들을 바라보며 조용히 말했다. 정 이사도 이사장의 속마음을 모르는 것은 아니었다. 겉으로는 한없이 차분하지만 마음속에는 비가 내리고 폭풍이 몰아치고 있을 것이다.

'설계된 과정을 따라가는 것이 세 번째 단계라 했지.'

한 선생의 설명을 하나하나 되새기면서 이사장은 오후 내내 태풍의 소식에 귀를 기울이고 있었다.

"아이들이 꿈을 가지게 되면 자연히 행동에도 변화가 나타납니다. 그 단계에서 상담관리가 시작되지요."

진수를 생각하니 한 선생의 설명이 더욱 절실하게 와 닿았다. 자신에게 몰두한다는 것, 주위의 소리가 들리지 않을 정도로 무언가에 빠져든다는 것. 제 일에 몰두하는 진수를 바라보면서 아내도 결국 고집을 꺾었다. 한겨울의 얼음 같았던 아내가 진수의 열정에 의해 서서히 녹아내린 것이다.

"동기부여와 함께 지속적인 멘토링이 필요합니다. 아이들은 성공한 사람들과의 인터뷰를 통해 자신이 해야 할 일이 무엇인지를 알게 되었습니다. 그러나 행동은 말처럼 쉽지 않을 겁니다. 그래서 상담관리가 필요한 것입니다."

부딪히고 깨지면서도 스스로 일어서려 애쓰는 진수의 모습이 눈앞에 보이는 것 같았다. 부모의 강요에 의해 유학을 떠났다가 결국 제대로 끝마치지도 못하고 돌아와 의기소침해져 있던 아들은 어느새 둥지를 벗어나 자신만의 세상을 향해 날갯짓을 하고 있었다.

"아이들은 자신의 장단점을 정확하게 파악하고 있어요. 장점은 더욱 키우고, 단점은 최선을 다해 보완하려고 노력하고 있지요. 이것이 바로 자기주도학습입니다."

"그럼 앞으로는 어떤 것들을 하게 됩니까?"

"진로설계를 바탕으로 교과활동은 물론 비교과활동까지 진행한 후, 그 결과를 가지고 저와 상담을 하게 됩니다. 봉사활동이라든가 독서, 동아리 활동 등을 통해 얻은 것을 분석하고 자신의 진로를 탄탄하게 다지게 되는 것이지요."

"좋아."

이사장은 혼잣말처럼 중얼거렸다.

꿈은 스스로 노력하는
자의 몫이다

　이제 상담반 아이들은 진로설계를 통해 정해진 것들을 실행에
옮기기 시작했다. 학교 수업에서도 관리가 필요한 과목들을 정하
고 더 집중했다. 때로는 성적이 우수한 친구들을 찾아 공부에 대
한 조언을 들으며 그 친구가 어떻게 수업을 듣는지도 살폈다.

　공부를 잘 하는 친구들은 수업이 아무리 길어져도 지루해하거
나 흔들리지 않았다. 오히려 선생님의 말씀에 귀를 기울이며 자
신의 책과 노트에 꼼꼼하게 필기를 했다. 그 모습에 정혁은 고개
를 설레설레 흔들며 한숨을 쉬었다. 하지만 한두 번 그들을 따라
하다 보니 선생님의 설명이 조금씩 귀에 들어오기 시작했다. 그
리고 친구들에게 물어보지 않아도 혼자 풀 수 있는 문제들이 조
금씩 늘어났다.

"정혁이 너 벌써 시들해진 거 아냐?"

같은 반 친구가 정혁에게 다가와 물었다. 공부 안 하기로 소문난 정혁이 갑자기 공부를 하겠다고 나서기에 신기해하면서도 몇 번인가 도움을 주었는데, 이제 질문하러 찾아오지 않으니 그 이유가 궁금했던 것이다.

정혁은 싱긋 웃으며 밝은 목소리로 대답했다.

"아니, 네가 하는 대로 따라하다 보니까 수업이 조금씩 이해가 되더라고. 이제 나 혼자 힘으로 한번 해 보려고."

"정말? 정혁이 너 진짜 대단하다."

정혁은 친구들의 칭찬에 가슴이 뿌듯했다. 선생님이나 친구들로부터 이전과 달라졌다는 얘기를 들을 때마다 더욱 열심히 해야겠다는 의지가 샘솟았다. 이제 수업 시간이 기다려진다는 말을 이해할 수 있을 것 같았다.

그런 정혁을 보며 한 선생은 한 가지를 더 조언해 주었다.

"정혁이 너도 알겠지만 선생님의 관심은 매우 큰 도움이 된단다. 나는 네가 선생님과 조금 더 많은 얘기를 나누는 학생이 되었으면 좋겠다. 궁금한 것이 있으면 제일 먼저 선생님을 찾아가서 질문해 보렴. 처음엔 쑥스럽고 어색하겠지만 노력해 봐. 정말 선생님과 친해질 수 있을 테니까."

물론 매일 졸다가 선생님에게 혼나기만 했던 정혁에게 쉬운 일은 아니었다. 하지만 궁금한 것에 대해 친구들도 충분한 대답을 해 주지 못하게 되자, 선생님을 찾아가야겠다는 생각이 들었다. 정혁에게는 무엇보다 용기가 필요한 일이었다.

하지만 정혁의 변화를 선생님도 이미 눈치채고 있었다.

어느 날 수업이 끝난 후 선생님이 정혁을 불렀다. 정혁은 자신도 모르게 뭔가를 잘못한 것은 아닐까, 깜빡 잊고 제출하지 않은 과제물이 있는 것은 아닐까 걱정하며 교무실로 향했다. 교무실 문을 여는 정혁의 발걸음이 한없이 무거웠다. 하지만 뜻밖에 선생님은 정혁을 보며 빙그레 웃었다.

"정혁아, 선생님은 바뀐 네 태도가 아주 마음에 드는구나. 혹시 운동을 그만둔 거니? 요즘은 수업 시간에 졸지도 않고, 집중력도 좋아졌더구나."

정혁은 선생님의 미소에 안도하며 말했다.

"운동은 이전보다 더 열심히 하고 있어요. 하지만 영어만은 꼭 잘하고 싶어서요."

"그래? 다른 과목은 어떠니?"

정혁은 다른 선생님들을 둘러보면서 머리를 긁적였다.

"노력은 하고 있지만 솔직히 자신은 없어요."

"진로상담반에 들어가더니 많이 변했구나. 기특하다. 하지만 다른 과목도 기본적인 공부는 해야 하는 거 알지? 꼭 모든 과목에서 최고가 되라는 뜻은 아니야. 다만 최선을 다하라는 말이지. 지금처럼만 한다면 아마 잘 해낼 거다."

선생님의 말씀은 정혁의 마음을 따뜻하게 만들었다.

"너도 이제 최고가 되는 것과 최선을 다하는 것이 다르다는 것을 알았겠구나."

"네에. 예전에는 사실 그 말이 그 말 같았거든요. 그래서 최선을 다하라는 말을 들어도 왠지 최고가 되라고 강요하는 것 같아 자신이 없었어요. 해 봤자 안 될 거라고 생각했죠. 그런데 이젠 최선을 다하는 것만으로도 큰 의미가 있다는 것을 깨달았어요."

한 선생은 정혁의 표정에서 자신감을 읽었다.

"그래, 방과 후에 유소년 축구부에 들어 보니까 어때?"

"제가 가진 장점과 단점을 확실히 알게 됐어요. 잘못된 것을 고치려고 노력하고 있어요. 그리고 무엇보다 축구가 다른 선수들과 함께 하는 운동이라는 것을 깨달았어요. 저 혼자만 잘한다고 되는 게 아니더라고요."

"힘들진 않니?"

"공부랑 축구를 둘 다 하려니 조금 힘들지만 끝날 때쯤 엄마가 데리러 오시니까 괜찮아요. 그리고 이젠 공부 안하고 논다는 잔소리도 듣지 않으니까 오히려 마음이 편해요."

정혁에게는 선수로서 뿐만 아니라 스포츠와 관련된 다양한 계획이 세워져 있었다. 한 선생은 상담 결과를 정리하면서 운동장을 누비는 정혁의 모습을 떠올렸다. 지난 상담에서 정혁은 자신이 좋아하는 외국 선수에게 편지를 쓰고 싶다고 말했다.

"영어 선생님께 말씀드렸더니 도와주신다고 하셨어요."

"그래? 지난번에 얘기한대로 선생님께 적극적으로 도움을 청했구나. 선생님은 학생들에게 도움을 주고 이끌어 줄 수 있는 가장 좋은 분이지. 선생님이 좋아지면 저절로 그 과목도 좋아진단다. 너도 알지? 앞으로도 열심히 해 보렴."

정혁에게는 매우 큰 변화가 일어나고 있었다. 이제 영어가 아닌 다른 수업에도 집중할 수 있었다. 선생님의 말씀에 집중하는 것만으로도 수업 시간이 지루하지 않았다. '방과 후 축구교실'이 문을 열었을 때도 가장 먼저 상담을 받을 만큼 정혁은 적극적이었다. 꿈을 위한 정혁의 진지한 모습에, 담당 선생님이 유소년 축구교실에서 전문적인 교육을 받도록 적극 추천해 주신 것이다.

"어디 그 추천서도 볼 수 있을까?"

정혁은 한 선생에게 추천서를 내밀었다. 체계적인 훈련을 받았으면 한다는 선생님의 의견이 잘 담겨 있었다. 한 선생에게도 이런 자료는 분명 큰 도움이 될 것이었다.

"이제는 시간 관리가 더 힘들어질 거야."

"네, 벌써 느끼고 있어요. 생각처럼 잘 되지 않더라고요."

"마음만 앞서서 무리하게 계획을 세우지는 마라. 가끔은 휴식도 취해야 하고 책을 읽는 여유도 필요하단다. 이제부터는 일주일 단위로 계획을 세우고 실천했는지 못했는지를 확인하도록 하자. 너무 무리한 계획을 세운 것은 아닌지, 다른 문제점은 없는지 점검하는 것도 꼭 필요하거든."

정혁은 이제 해야 할 일들을 스스로 계획하고 실천할 수 있게 되었다. 하루가 이렇게 짧다고 느낀 것은 처음이었다.

제3부

꿈은
이루어진다

최선을 다했다면
최고가 아니어도 괜찮아

한여름에 접어들면서 창밖에는 굵은 빗줄기가 쏟아지고 있었다. 이제 학기말 모의평가가 코앞으로 다가왔다. 과제를 수행하는 동안 눈에 띄게 달라진 것은 다섯 아이들의 성적만이 아니었다. 이번 프로젝트는 단순히 성적을 올리기 위한 것이 아니라 아이들의 미래를 준비하고 계획하는 프로그램이었기 때문이다. 성적에 연연하는 부모들의 모습에 씁쓸한 기분도 들었지만 한 선생은 아이들의 변화를 보며 보람을 느꼈다.

"모든 학생들이 성적에서 향상을 보인 것은 아닙니다. 왜냐하면 이 프로그램은 성적을 올리기 위한 것이 아니기 때문이죠."

한 선생은 부모들을 향해 솔직하게 말했다.

"물론 성적이 올라서 좋아한 것은 사실이지만……."

"맞아요. 성적이 오르는 것도 중요하지만 꼭 그것 때문에 기뻐한 건 아니에요. 정말 아이들이 달라졌어요. 뭐랄까? 스스로 움직인다고 할까요? 그리고 무엇보다도 이젠 우리 다혜가 엄마 아빠에게 자기 고민을 솔직하게 털어놓는다는 거예요."

다른 부모들 역시 고개를 끄덕였다. 누가 보아도 다섯 아이들은 예전의 그 아이들이 아니었다.

"저는 이제 시작이라 생각하고 있어요. 아니, 진짜 변화는 시작도 하지 않았어요. 아이들이 변한 것은 사실입니다. 하지만 그건 아이들 내면에 잠재되어 있던 꿈을 찾고 그 소중함을 깨달았기 때문이지요. 부모님이 억지로 시켜서는 절대로 얻을 수 없는 소중한 깨달음을 얻은 겁니다. 앞으로는 더 큰 변화가 일어날 거예요. 전 확신합니다."

"하지만 아직 모의평가가 남아 있지 않나요? 정말 평가에서도 좋은 결과를 얻을 수 있을까요?"

진영 엄마가 조심스럽게 말했다. 그 질문에 모두들 한 선생의 얼굴을 쳐다보았다.

사실 이사장도 그 점을 걱정하고 있었다. 모의평가가 다가올수록 근심은 커졌다. 결과를 평가해 줄 입학사정관은 대체 누구일까? 한 선생이 공정하게 평가해 줄 전문가라고 했지만 걱정스러운 것은 어쩔 수가 없었다. 이사장이 입을 열었다.

"한 선생님, 그 점은 저도 궁금합니다. 우리 재단의 앞날은 이번 모의평가에 달려 있어요. 말씀하신 대로 준비가 된 것입니까?"

학부모들의 눈길이 일제히 한 선생에게로 향했다.

"저는 아이들을 믿습니다. 분명 힘든 순간도 있었을 텐데, 모두 자신의 꿈을 위해 최선을 다해 주었어요. 이 프로그램을 시작하기 전에 말씀드렸듯이 평가는 공정하게 이루어질 겁니다. 이제 얼마 남지 않았습니다. 아이들은 마지막 준비를 하고 있고요. 아무쪼록 저와 아이들을 믿고 힘이 되어 주세요."

한 선생도 이사장의 고민은 잘 알고 있었다. 만약 입시반과의 경쟁에서 질 경우 진로교육을 강화하겠다는 이사장의 뜻을 설득하기가 더욱 어려워질 것이 분명했다. 게다가 아이들을 모두의 관심이 집중된 경쟁으로 밀어넣은 것 같아 미안한 마음도 있을 것이다. 한 선생은 이사장의 질문에 신중하게 대답했다.

"이제까지 3단계를 마쳤어요. 남은 마지막 단계를 위해서 모두 열심히 하고 있습니다. 저 역시 평가에 대한 준비를 모두 마쳤고요. 객관적인 평가를 받을 수 있도록 만전을 기하는 것이 바로 최선을 다해 준 아이들에 대한 제 도리라 생각합니다. 저도 긴장감 속에서 기다리고 있습니다. 누구보다도 말입니다. 하지만 정작 초조한 저를 위로해 준 것은 이 아이들입니다. 한번 보시겠습니까?"

한 선생은 자신의 수첩 속에 소중하게 간직하고 있던 몇 장의 사진들을 꺼내 놓았다. 사진 속에는 땀 흘리며 봉사활동을 하는 진수의 모습, 춤 연습에 몰두하고 있는 다혜의 모습, 그리고 저마다 자신의 꿈을 위해 노력하는 다섯 아이들의 모습이 고스란히 담겨 있었다.

한 선생으로부터 사진을 받아 든 부모들은 하나같이 말이 없었다. 주위의 시선에 기죽지 않고 최선을 다하는 모습에 어느새 눈가가 촉촉하게 젖어들었다.

이 아이들이야말로 미래의 주인이다. 아이들은 이미 우리에게 넘치도록 감동을 안겨 주었다. 이사장은 사진을 바라보면서 말없이 고개를 끄덕였다.

한 선생은 낮은 목소리로 말을 꺼냈다.

"사실 개인이 이 모든 과정을 감당하기에는 비용 부담이 만만치 않습니다. 앞으로 학교에서 이 프로그램을 도입할 경우 핵심적인 2단계로 실시할 수도 있을 겁니다. 그렇게 된다면 더욱 많은 학생들의 잠재력을 이끌어 낼 수 있겠지요. 저 역시 그 꿈을 실현하기 위해 단계별로 목표를 세우고 있습니다. 확신이 없었다면 아마 선뜻 나설 수 없었을 겁니다."

이사장이 흐뭇한 표정으로 한 선생을 격려했다.

"저도 들었습니다. 이미 몇몇 학생들이 개인적으로 이 프로그램에 동참하겠다고 나섰다지요?"

한 선생이 조금 쑥스러운 표정으로 대답했다.

"네, 이미 시작했습니다."

부모들도 박수를 치며 한 선생에 대한 격려를 아끼지 않았다. 자발적으로 프로그램에 참여하는 학생이 있다는 것 그 자체만으로도 진로교육의 효과를 인정받은 것이나 다름없었다.

물론 개인의 의지만으로 될 일은 아니었다. 학교가 중심이 되어 진로교육을 강화한다면 더 많은 아이들에게 기회를 줄 수 있을 것이다. 입시는 교육 과정의 하나에 불과했다. 그보다 더 큰 인생의 목표를 이루어가는 것이 중요하기 때문에 한 선생은 그것을 '평생진로교육'이라 했다.

강한이 스타가 된 후에도 또 다른 꿈을 향해 나아가고 있는 것처럼 꿈은 더 큰 꿈으로 이어지는 법이다.

"저는 축제가 있던 날을 기억하고 있습니다. 부모님들은 아이들을 위해 자원봉사를 하셨죠. 열정적인 아이들의 모습을 가장 가까운 곳에서 보셨습니다. 그때 저는 여러분의 표정에서 아이들에 대한 믿음을 보았습니다. 아닌가요?"

한 선생의 말에 부모들은 그때의 기억이 떠오른 듯 웃음을 지으며 답했다.

"정말 애들이 그렇게 좋아할 줄 몰랐어요."

"게다가 축제가 끝난 후에도 남아서 주위를 말끔하게 청소하는 모습을 보니 정말 다 컸구나 싶었죠. 그렇지 않아요? 보통 아이들은 제 방 청소하는 것조차도 귀찮아하는데 말이에요."

"한 선생님, 정말 고맙습니다. 난 이번 프로젝트 결과에 상관없이 선생님의 뜻에 동참할 겁니다. 만일 좋은 결과가 나오지 않는다면 이사장 자리도 위태롭겠지만 이제 더 이상 상관없어요. 왠지 알아요? 저도 꿈을 꾸고 있거든요. 하하."

이사장의 말에 모두들 웃음을 터뜨렸다. 한 선생은 응원에 고개 숙여 감사를 표했다.

복도에서도 조그맣게 웃음이 터져 나왔다. 지금까지 창밖에서 한 선생과 부모들의 얘기를 엿듣던 아이들의 웃음소리였다. 이사장실 안팎은 어른과 아이들의 웃음소리가 뒤섞여 떠들썩했다.

이사장실을 나온 한 선생은 곧장 상담실로 향했다. 학생들은 아까와 달리 결연하고 긴장된 얼굴로 한 선생을 바라보았다. 한 선생도 아이들의 마음을 이해할 것 같았다.

"평가가 기다려지니?"

"아뇨!"

아이들이 마치 합창하듯 입을 모았다. 하지만 싫지만은 않은 기색이었다. 아마도 그 동안의 노력에 대한 결과가 기대되기 때문일 것이다.

"모두 열심히 따라와 주었다. 남은 시간 동안 자신이 무엇을 위해서 노력했는지, 또 앞으로 어떤 일을 해 나갈 것인지 다시 한 번 생각해 보렴. 스스로 원하는 것을 정확히 알아야만 다른 사람들 앞에서도 당당해질 수 있으니까."

한 선생은 처음 아이들과 만났을 때 들려주었던 항해 이야기를 다시 꺼냈다.

"너희도 내가 들려준 항해 이야기 기억하고 있지? 항해란 그렇게 단순한 것만은 아니란다. 예기치 못한 상황에 부딪히면서 그것들을 극복해 나가야 하니까. 너희도 이번 프로그램에 참여하면서 비슷한 과정들을 경험했을 거야. 어떤 학생은 쉽게 앞으로 나아가는데 비해 어떤 학생은 힘든 항해를 하기도 하지. 진로교육이라는 같은 배를 타고 있던 너희들도 각자 느끼는 것은 달랐을 거야. 하지만 항해를 통해 너희 자신을 알게 되고 부모님을 조금 더 이해하게 되지 않았니? 그리고 무엇보다 자기 자신을 조금 더 믿고 사랑할 수 있게 되었지. 그게 너희들이 이 항해에서 얻은 가장 큰 보물이란다."

"선생님, 앞으로도 저희는 항해를 계속하는 거지요?"

"물론이지. 게다가 너희는 이제 자신만의 해도를 가지고 있잖니? 그 해도를 바탕으로 항해를 계속해 나가는 거란다."

학생들의 표정에 결의가 담겨 있었다. 한 선생은 주어진 과제를 누구보다 충실하게 따라와 준 아이들이 한없이 고맙고 대견했다. 그들의 가능성을 의심하고 비웃는 사람들도 있었지만, 다섯 아이는 주위의 시선에 상처 받기보다는 오히려 자극으로 받아들이고 최선을 다했다. 그리고 그 시간동안 한 선생은 아이들과 함께 꿈을 꾸었다.

4단계 모의평가
운명의 날

전임 이사장까지 참석한 모의평가 자리에는 팽팽한 긴장감이 감돌았다. 아직 누가 평가를 담당할 것인지 발표조차 되지 않았는데도 여기저기서 말들이 많았다. 한 선생이 선택한 사정관이라면 상담반에 유리할 것이 분명하니 이의를 제기해야 한다는 주장도 들려왔다. 하지만 한 선생은 누구보다도 공정하게 평가할 것임을 이미 여러 차례 밝혔기 때문에 그런 주장에 전혀 흔들리지 않았다.

"긴장할 필요 없어. 너희들이 준비한 대로 성실하게 임하면 되는 거야. 이 자리에 있는 모든 사람들에게 너희를 알린다고 생각하면 되겠구나."

한 선생은 평가를 앞두고 긴장한 아이들에게 부드러운 목소리로 말했다. 하지만 아이들은 모두 긴장한 얼굴이었다. 간밤에 잠을 제대로 이루지 못한 모양이었다.

저 많은 사람들 앞에서 평가를 받는 거예요?"

진영이 떨리는 목소리로 물었다.

"입학사정관을 제외하곤 참관하는 몇몇 사람만 있을 거야. 그래야 너희들도 편안한 마음으로 평가를 받을 수 있으니까. 너희가 제출한 서류에 대해서는 이미 1차 검토가 끝난 상태고, 이제 면접과 평가만이 남아있단다."

"혹시 평가를 담당하실 분이 선생님도 잘 아는 사람인가요?"

모두의 시선이 한 선생에게 쏠렸다. 조금이라도 자신들에게 유리하기를 바라는 눈빛이었다. 한 선생은 아이들의 간절한 표정에 웃음을 지으며 말했다.

"난 너희들이 정말 공정하고 객관적인 평가를 받기를 원한단다. 이건 너희들의 미래가 달린 문제니까. 분명히 말하지만 입학사정관을 발표하면 아마 모든 사람들이 객관적인 평가가 될 거라는 것을 알게 될 거야."

"최선을 다했는데도 결과가 좋지 않을 수도 있잖아요?"

"맞아요. 그럴 땐 어떻게 되는 건데요?"

한 선생도 학생들의 불안을 이해하지 못하는 것은 아니었다. 모든 사람들의 시선이 이 작은 아이들을 향해 있으니 긴장되기는 자신도 마찬가지였다. 한 선생은 마음을 조금 가라앉히고 부드러운 목소리로 대답했다.

"물론 너희들처럼 선생님도 긴장하고 있단다. 그럴 때 나는 늘 지나온과정들을 떠올려보곤 해. 결과 역시 과정의 일부에 지나지 않아. 만약 실패를 하더라도 그 동안 부족했던 부분을 확인하고 더 노력할 수 있는 기회라고 생각했으면 좋겠다."

아이들은 잠시 생각에 잠기는 듯 했다.

"최선을 다한다면 좋은 결과가 있을 거다. 모두 파이팅."

한 선생은 주먹을 꽉 쥐어 보였다.

강당은 예상보다 많은 학부모들이 몰려 북적이고 있었다. 한 선생은 모의평가의 진행을 맡았다. 한 학기라는 짧은 시간이었지만 그에게는 너무나도 소중한 시간이었다. 이제 많은 사람들이 가장 궁금해 할 평가단을 소개할 순서였다. 한 선생은 목소리를 가다듬고 단상 위에 섰다.

"먼저 오늘의 평가를 맡아주실 분을 소개하겠습니다."

강당 안은 기침 하나 없이 조용해졌다. 이사장도 마른 침을 삼켰다. 누구나 인정할 수 있는 사람이 아니라면 박 이사 측에서 그냥 넘어가지 않을 것이 분명했다.

"전성고교의 조성태 교수학습 실장님입니다."

그 순간 박수와 함께 환호성이 터져 나왔다. 전성고교라면 누구나 인정하는 명문 고교였고, 조성태 실장은 자타가 공인하는 입학사정관이었다. 이사장은 이마에 맺힌 땀을 닦으며 안도의 한숨을 내쉬었다.

예상치 못한 뜨거운 반응에 박 이사는 당황하고 있었다. 전성고교는 실력을 최우선으로 입학생을 선발하는 최고의 명문 학교였다. 한편으론 약진재단이 이번 평가에서 망신이나 당하지 않을까 걱정되기도 했지만 지금 당장은 진로상담반을 이기는 것이 더 급한 문제였다. 조성태 실장은 명성이 있는 사람이니 섣불리 평가를 내리지는 않을 터였다.

"안녕하십니까? 조성태입니다. 저는 약진재단의 한신풍 선생님으로부터 한 가지 요청을 받았습니다."

강당 안이 한 차례 술렁였다.

"그 어느 때보다 공정하고 객관적인 평가가 되었으면 한다는 것이었지요. 그래서 저는 한 선생님께도 다른 입학사정관을 알려주지 않고 저와 뜻을 함께 하는 분들로 평가단을 구성했습니다. 그러면 평가의 공정성을 어느 정도 신뢰할 수 있지 않을까 싶어서 말이죠. 또한 저는 입학사정관제라는 것이 무엇인지 이 자리를 빌려서 알려드리고 싶었습니다. 모의평가라고는 하지만 그 기준은 실제 평가와 크게 다르지 않을 겁니다. 이런 뜻깊은 자리를 마련해 주셔서 감사합니다."

강당 안에 다시 박수와 환호성이 이어졌다.

조 실장의 첫 인상은 매우 날카로워 보였다. 예리하고 객관적인 평가로 유명한 그에게 걸맞는 외모였다. 그에게 모의평가를 일임한 것도 객관적인 평가를 받겠다는 한 선생의 의지 때문이었다. 학부모들의 인정을 받고, 이사회의 반대까지도 무마시킬 수 있는 좋은 기회였다.

조 실장은 모의평가에 앞서 입학사정관제의 취지를 간단히 설명했다.

강당을 가득 메운 학부모들은 나름대로 메모를 하며, 조성태 실장의 설명에 귀를 기울였다. 기회가 있을 때마다 찾아다니며 자식들의 교육에 열을 올리는 부모들이었다. 발품을 팔아서라도 공부하지 않으면 안 된다는 것을 이미 잘 알고 있었다. 삼삼오오 몰려든 학부모들의 열기로 강당은 뜨거웠다.

"입학사정관제에 대한 학부모님들의 관심이 높다는 것을 잘 알고 있습니다. 이 자리를 통해 짧게나마 말씀을 드리겠습니다."

학교에서 학부모들을 위한 안내문을 돌렸던 터라, 소식을 들은 인근 학교의 학부모들까지도 참석했다. 늦게 도착한 탓에 자리를 잡지 못한 부모들로 통로마저 북적이고 있었다.

"입학사정관제는 서류와 면접만으로 학생을 선발합니다. 대학이나 고등학교 모두 마찬가지입니다. 학교생활기록부를 중심으로 평가하는 것이죠. 대학은 전공적합성을 중심으로 검토하고 면접을 합니다만, 고등학교에서는 더 포괄적인 면에서 학생들을 평가하게 됩니다."

조 실장은 지난해의 입학사정관제의 과정을 설명해 나가기 시작했다. '다수의 평가자, 단계별 평가'라는 두 가지 원칙을 바탕으로 한, 1박 2일 동안의 심층면접에 대해서도 설명을 덧붙였다.

"단계별로 두 사람 이상의 입학사정관이 한 학생을 평가합니다. 이때 평가자 사이의 평가 등급이 2등급 이상 차이가 나면 그 결과는 무효로 처리하고 대신 다른 평가자들이 재평가를 하게 됩니다. 공정한 평가를 위해 사정관들은 약 20일 동안 서로의 관점과 기준을 맞추는 훈련을 하고, 격리된 곳에서 한 달 가까이 1500여 명의 지원자 서류를 일일이 검토합니다. 평가자들은 서로 대화조차 나눌 수 없습니다. 정말로 쉽지 않은 과정이지요."

학부모들이 웅성거렸다. 엄격한 평가 기준에 놀란 눈치였다.

"이 모든 과정은 오로지 객관적인 평가를 내리기 위한 것입니다. 그러나 무엇보다도 저희들은 진로에 대한 진정성과 열정을 중요하게 여깁니다. 자신만의 비전을 제시하는 학생들이 더 높은 점수를 받게 되는 거지요. 겉만 화려하게 치장한 학생들과, 자신이 하고 싶은 일에 대해 이해와 열정을 가지고 있는 학생들은 확연하게 다릅니다.

단지 특정 학교에 입학하기 위한 목적으로 작성한 서류들에서는 그 진정성을 확인할 수 없다. 화려한 봉사활동 이력만을 나열하거나 장래 진로와는 관련 없는 서류들만을 준비한다면 오히려 진로에 대한 진정성을 의심받게 된다고 조 실장은 말했다.

"평가가 끝난 다음 결과를 발표할 때 자세한 설명을 덧붙이는 편이 좋을 것 같군요. 평가를 하기도 전에 진을 빼는 것보다는 말이죠. 기다리는 학생들은 벌써부터 잔뜩 긴장하고 있을 거예요."

학부모들은 격려의 박수를 보냈고, 여기저기서 아이들의 휘파람 소리가 들렸다. 그럼에도 강당 안은 온통 긴장감 만이 팽팽하게 느껴질 정도였다.

이제 면접을 준비하는 학생들은 따로 마련된 면접장으로 향했다. 평가가 진행되는 동안 교내 합창부의 공연이 준비되어 있었다. 합창단의 아름다운 목소리가 강당 안에 울려 퍼지기 시작했다.

또 다른 도전

이사장은 손수건으로 땀을 닦으며 초조하게 시간을 확인했다. 다섯 아이들의 부모 역시 마음속으로 파이팅을 외치며 기다리고 있었다. 면접을 앞둔 아이들의 표정에 긴장한 빛이 역력했다.

이미 서류에 대한 면밀한 검토가 끝난 후였다. 자기소개서, 교사 추천서, 봉사활동이나 독서 이력, 동아리 활동 기록 등 준비된 서류를 통해 사정관들은 학생들의 다양한 모습들을 살펴보았다. 조 실장이 평가 팀장을 맡아, 사정관들과 몇 차례 진지한 회의를 마쳤다. 입학을 위한 평가보다는 그 준비과정을 중심으로 평가하기로 했다.

"아직 중학 교육과정이 많이 남아 있는 학생들입니다. 진로에 대한 계획은 합리적인지, 실현 가능성은 있는지를 검토하여 잠재

가능성을 평가할 수 있을 것입니다."

사정관들의 합의를 통해 구체적인 평가 항목들이 정해졌다. 실제 평가에서 다루고 있는 부분들을 중심으로 하되, 그 준비과정을 평가 대상으로 한다는 것이었다.

한 선생은 진로상담반과 입시반 학생들의 서류를 구분하지 않은 채 섞어 놓았다. 사정관들에게도 그 사실은 알리지 않았다.

이제 마지막이다. 이사장은 여기까지 온 것도 모두의 노력 덕분이라 생각하며 선생님과 학부모, 학생 모두에게 감사를 표했다. 이제 그 결과만이 남아 있었다.

박 이사 역시 결과를 장담할 수 없는 상태였다. 입학사정관제가 입시의 중요한 관문이라는 점은 인정하지 않을 수 없었다. 그는 이번 평가에서 입시반의 결과가 더 좋게 나온다면 그만큼 단호하게 대처하겠다고 벼르고 있었다.

이사장실에 모인 이사들과 전임 이사장, 신임 이사장, 한 선생은 한동안 말이 없었다. 어느 누구도 선뜻 말문을 열지 않았다. 전임 이사장이 어색한 분위기를 깨며 먼저 나섰다.

"전성고교는 최고의 명문 학교이니 이번 결과가 꽤나 흥미롭겠어. 한 선생은 자신이 있는 모양이죠?"

전임 이사장이 한 선생에게 질문을 던졌다.

"학생들은 최선을 다해 준비해 왔습니다. 학생들이 평가를 받아야 한다면 더 엄격하고 공정해야 한다고 생각했을 뿐입니다. 하지만 평가 결과에 상관없이 저는 이번 프로젝트에 만족합니다."

"으음."

한 선생의 대답에 전임 이사장은 가볍게 고개를 끄덕거렸다.

"만약 약진재단이 이 프로그램을 도입하게 된다면 우리가 지원해야 할 것도 많을 거요. 그렇지요?"

"물론입니다. 체계적인 시스템을 운영하기 위해서 반드시 갖추어야 할 것들이지요. 재단과 선생님, 그리고 학부모님들께서도 적극적으로 지원을 해 주셔야 합니다."

"하지만 교사들의 입장을 생각해 보세요. 수업 이외에도 처리해야 할 일들이 얼마나 많은데 이런 프로그램까지 어떻게 지원합니까? 정말 교사들에게 이런 큰 짐을 지우시려는 겁니까?"

박 이사가 날카롭게 반박했다.

"아이들과 가장 가까이 계신 분이 바로 선생님입니다. 그렇다고 그 분들께만 전적으로 맡길 수는 없지요. 진로상담을 위한 전문가들이 있어야 합니다. 그리고 과목별 선생님, 담임 선생님과의 유기적인 관계를 통해 학생들을 관리하고 이끌어 주어야 합니다. 새로운 교육 흐름에 누구보다 적극적으로 참여해야 할 분도 역시 선생님입니다. 물론 학생과 학부모님들의 적극적인 참여도 이루

어져야 유기적인 관계를 형성해 나가는, 그야말로 살아있는 교육
이 되겠지요."

논쟁은 여전히 뜨거웠다. 전임 이사장은 말없이 고개만 끄덕였
다. 그 모습을 본 박 이사가 분위기를 돌리려는 듯 손사래를 치며
말했다.

"아직 결과가 나오지도 않았어요. 아무튼 현실을 무시한 교육
은 살아남을 수 없다는 것이 제 생각입니다."

박 이사의 말에 신임 이사장은 나서지 않을 수 없었다.

"지금 박 이사님께서는 현실을 말씀하셨습니다만, 입시반을 한
번 보세요. 성적이 우수한 학생들만 뽑아 놓았더군요. 소위 1등급
학생들 말입니다. 그렇다면 입시 경쟁에서 그 외의 많은 학생들
은 고작 들러리나 해야 한다는 말입니까? 도대체 그런 교육이 무
슨 의미가 있습니까?"

이사장의 목소리가 높아지자 전임 이사장이 조용히 손을 들어
제지했다.

"자, 그만들 하세요. 내가 정말로 우려하는 것은 우리가 이렇
게 분열되는 겁니다. 서로 편을 나눠 싸움만 한다면 재단은 결코
발전하지 못할 겁니다. 한 선생, 면접은 어떻게 진행되고 있습니
까?"

"이제 거의 끝나갑니다. 사정관들의 회의가 끝나는 대로 결과

발표가 있을 예정입니다. 면접 과정을 녹화하고 있으니 나중에 직접 확인하실 수 있을 것이고, 이후에는 참고자료로 활용할 계획입니다."

"그래요? 철저하게 준비했군요."

전임 이사장은 한 선생을 격려했다. 결과에 따라 재단은 제 방향을 찾아갈 것이다. 만약 결과가 박 이사 쪽으로 기운다면 자신의 계획대로 동생인 김인수에게 이사장 자리를 넘길 생각이었다. 하지만 그 반대라면 현 이사장의 결정에 따라 진로교육에 대한 재단의 지원이 확대될 것이다.

전임 이사장 역시 그 동안 진수의 변화를 지켜보았다. 큰 사랑을 주지는 못했지만 마음 깊은 곳에서는 늘 애틋한 손자였다. 진수가 적극적인 모습으로 변해 가는 것을 보면서 전임 이사장의 마음도 조금씩 움직이고 있었다.

면접실에 들어선 아이들은 사정관의 날카로운 질문에 가슴이 콩닥거렸다. 사정관은 진수의 자기소개서에 작성된 내용에 대해 물었다. 첫 질문은 유학에 대한 것이었다.

"어학연수를 끝마치지 못한 채 돌아왔군. 중도에서 포기한 것인가?"

진수는 이마에 땀이 나기 시작했다. 부모님의 여건이 좋지 않아 돌아오긴 했지만, 유학 계획을 포기한 것은 아니었다.

"포기한 건 아닙니다. 뜻하지 않은 상황 때문에 돌아오게 되었지만, 제 계획은 조금 수정되었을 뿐 여전히 진행되고 있습니다."

"어떻게 말인가?"

"네. 저는 문화콘텐츠 전문가라는 꿈을 가지고 있습니다. 다른 나라와의 문화 교류에 앞장서는 사람이 되기 위해서는 먼저 우리나라의 문화에 대해 잘 알고 있어야 한다고 판단했습니다. 또 유학을 끝마치지는 못했지만, 우리 문화에 대해 공부하면서 인터넷을 통해 예전에 사귀었던 외국의 친구들에게 그것들을 알려주려는 계획을 세웠습니다. 그래서 관심이 있는 학생들을 모았고, 다섯 명이 저와 뜻을 같이 했습니다. 저희들은 '문화사랑 동아리'를 결성했고, 사회 선생님께 지도를 부탁드려 지금까지 동아리 활동을 하고 있습니다. 그리고 인터넷 홈페이지에 우리 문화를 알리는 영문 게시판을 만들어 외국인 친구들에게 알리는 일도 하고 있습니다."

사정관들은 진수의 얘기를 듣는 동안 틈틈이 뭔가를 메모했다.

"동아리 활동이 도움이 되었나?"

"물론입니다. 외국인 친구들의 반응도 좋아 메일을 받기도 했습니다"

진수는 이어지는 질문에도 당황하지 않고 차분하게 대답했다.

동아리에서 우리나라의 자랑거리로 꼽았던 한옥마을에 대한 설명도 덧붙였고, 모임의 활성화 방안에 대해서도 자신의 생각을 또박또박 설명했다.

"잘 했어?"

정혁의 걱정스런 목소리에 진수는 활짝 웃었다. 친구들도 진수의 표정을 보자 조금 안심이 되는 모양이었다. 하지만 자신의 순서를 앞둔 진영은 가슴을 쓸어내리며 자신을 다독이고 있었다.

진영은 떨리는 마음으로 사정관들 앞에 앉아 질문을 기다렸다. 사정관들이 서류를 넘길 때마다 가슴이 뛰었고, 손은 가늘게 떨렸다. 진영은 숨을 깊게 내쉬었다. 잠깐의 침묵이 너무 길게 느껴졌다.

"방송제에 참여했다는 기록이 있어요. 진영 학생이 만든 작품에 대해 구체적으로 설명해 줄 수 있나요?"

뜻밖의 질문이었다. 진영은 잠시 머뭇거렸다. 방송제에서 만든 것은 사실 혼자만의 작품은 아니었다. 진영이 머뭇거리자 사정관은 서류에서 시선을 돌려 진영을 바라보았다. 진영은 마음을 가다듬고 대답했다.

"제가 만든 건 〈요리의 사랑〉이라는 작품이에요. 하나의 요리가 완성되기까지의 과정을 담아낸 것인데 사실 저 혼자만의 힘으로는 해결할 수 없는 과제였지요."

"그렇다면 누군가의 도움을 받았다는 말인가요?"

"네. 저는 지난 방송제에 참가하면서 하나의 영상이 나오기까지 수많은 작업이 필요하다는 것을 알았습니다. 그렇지만 그것을 저 혼자 감당할 수는 없었어요. 그래서 방송제에 참가했던 선배들을 찾아다니면서 조언을 구했고, 결국 동아리에 들게 되었습니다. 그들의 도움이 없었다면 이 작품은 나오지 못했을 것입니다."

사정관이 고개를 끄덕였다.

"그 과정 속에서 진영 학생이 얻은 것이 진로와 어떤 관계가 있는지 듣고 싶군요."

"사실 이전에는 프로듀서가 되기 위한 과정이 이렇게 어려운 줄 몰랐습니다. 하지만 한 편의 짧은 영상을 만들기 위해 많은 사람들과 서로 조화를 이루어야 한다는 것을 이번 경험을 통해 느꼈어요. 이 경험은 앞으로 프로듀서라는 제 꿈을 이루는 데 좋은 밑거름이 될 거라 생각합니다."

진영의 대답에 사정관은 잠시 서류를 들여다보았다. 진영은 조금씩 긴장이 풀어지는 것을 느꼈다.

"요리의 사랑은 무슨 의미인가요?"

"요리 속에 담긴 사랑을 그린 것입니다. 저는 어머니가 해 주신 음식을 먹을 때, 맛보다 그 속에 담긴 정성과 사랑을 느낄 수 있어서 행복했어요. 음식을 만든다는 것은 단순히 한 끼 식사를 만드는 것 이상의 의미를 가지고 있다고 생각해요. 정성을 가득 담아 사랑하는 누군가에게 그 사랑을 전하는 일이죠. 그래서 요리를 만드는 과정이 아니라 요리에 사랑을 담는 과정을 그려보고 싶었어요. 〈요리의 사랑〉이란 제목을 정한 것은 그 때문입니다."

진영은 대답을 마치고 숨을 내쉬었다. 친구들과 함께 한 이 작업은 유명한 프로듀서와의 인터뷰만큼이나, 아니 그 이상으로 많은 것을 깨우쳐 주었다.

"요리에 대한 진영 학생의 생각을 듣고 있으니, 요리가 단순한 요리로만 느껴지지는 않는군요. 많은 재료들이 서로 조화를 이루며 맛을 내는 것처럼 진영 학생이 만든 작품도 친구들과 함께 했기 때문에 더욱 값진 경험이 되었을 거예요."

진영이 쿵쿵 뛰는 가슴을 진정시키며 면접실을 나서자 기다리고 있던 친구들의 시선이 한꺼번에 진영을 향했다. 진영은 뿌듯한 기분이 들었다.

'준비한 것들을 솔직히 말하면 돼.'

진영은 친구들에게 그렇게 말하고 싶었지만, 그것은 다른 아이들도 이미 알고 있을 터였다. 물론 진영에게도 아쉬운 점은 남아 있었다. 아무리 열심히 노력했다 해도 아직은 교과 성적 관리가 미흡한 것이 사실이었다. 사정관들은 마치 자신의 마음속을 들여다보고 있는 것처럼 날카롭게 질문을 던졌다. 열의를 가지고 있는지, 그저 남들에게 보여주기 위해 있지도 않은 기록을 나열한 것인지 모두 꿰뚫어 보는 것만 같았다.

"다혜야, 파이팅!"

진영은 면접실로 들어서는 다혜를 향해 환한 응원의 미소를 지어 보였다.

시간이 흐를수록 강당 안에는 팽팽한 긴장감이 감돌았다. 모두들 조 실장의 총평을 기다리고 있었다. 조 실장이 강단에 모습을 드러내자 강당은 숨소리 하나 들리지 않을 만큼 조용해졌다. 평가는 한 선생과 조 실장이 밝힌대로 공정하게 이루어졌다.

"그럼 지금부터 약진재단의 모의평가에 대한 총평이 있겠습니다."

한 선생의 목소리에도 긴장감이 감돌았다.

한 선생은 나름대로 자신감을 가지고 있었지만 아직 결과는 누구도 장담할 수 없었다.

조 실장은 차분하지만 힘 있는 목소리로 평가를 시작했다.

"참가자들을 보니 입학사정관제의 취지에 맞추어 준비한 그룹과 그렇지 않은 그룹으로 나누어지더군요. 여기서 다시 말씀드립니다만 교과 성적이 우수하다고 해서 입학사정관제에서도 우수한 평가를 받는 것은 아닙니다. 교과 성적이 우수한 학생들 가운데에도 자신만의 비전과 열정을 찾아보기 힘든 경우가 있었습니다. 그런 학생들은 대체로 서류와 면접에서 일관성이 부족한 경우가 많았습니다. 그것은 결국 교과 성적 하나만으로 입시를 준비했다는 의미지요. 입학사정관제는 그런 인재를 원하는 것이 아니라는 점을 분명하게 말씀드리고 싶습니다."

조 실장의 말이 끝나기도 전에 강당이 술렁거렸다. 분명 진로상담반에게 좋은 결과가 나왔음을 의미하는 것이었다. 조 실장에게는 입시반과 상담반 학생을 구분해서 알려 주지 않았지만, 교과 성적이 우수한 쪽이라면 그건 분명 입시반이었다. 박 이사는 실망의 한숨을 내쉬었다. 이사장은 한 선생을 보며 승리의 표시로 주먹을 쥐어 보였다.

"앞에서도 말씀드렸다시피 입학사정관제에서는 진정성과 열정을 가장 중요하게 봅니다. 교과 성적이 중요하지 않다는 것이 아닙니다. 다만 평가의 전부가 아니라 한 부분이라는 것이지요. 쉽게 말하자면 교과 성적을 받기 위해서 다른 활동을 소홀히 한 학생보다 교과 성적이 다소 떨어지더라도 다양한 능력과 잠재력, 열정을 가지고 있는 학생이 더 좋은 평가를 받을 수 있다는 말입니다."

조 실장은 이어서 각 평가 요소에 따른 세부적인 설명을 덧붙였다.

"먼저 학교생활기록부의 '교과학습 발달 상황'에는 담당 교사들이 학생의 '세부능력 및 특기사항'을 기록합니다. 입학사정관들이 지원 학생의 전공이 적합한가를 판단할 때 주로 활용하는 자료입니다. 하지만 생활기록부만으로 학생의 평소 학교 생활을 판단하기에는 부족하지요. 그래서 대학이나 고등학교에서 별도의 교사 추천서를 요구하는 것입니다.

특히 교과 담당 선생님들의 구체적인 의견을 담은 추천서는 사정관들에게도 중요한 자료가 됩니다. 이번 평가의 참가자를 예로 들어보지요. 이 학생은 다른 참가자들에 비해 교과 성적이 많이 떨어지더군요. 하지만 자신의 진로를 결정하고 난 후, 영어 성적만큼은 제대로 관리하겠다는 계획을 세웁니다. 그리고 친구들이나 선생님의 도움을 받으며 실행에 옮기기 시작하지요. 자연스레 선생님과의 관계가 좋아졌고, 과목에 대한 흥미가 생기기 시작했어요. 여기서 그친 것이 아닙니다. 자신의 롤모델인 외국의 축구선수에게 영어 편지를 보내기도 합니다. 영어 공부도 하면서 자신의 꿈도 이루겠다는 열정으로 말이지요. 교사 추천서에도 이 내용들이 담겨져 있더군요. 제게는 가장 인상적인 부분이기도 했지요. 대학이나 고등학교에서 교사 추천서를 요구하는 것은 학생의 평소 학교 생활을 보기 위해서입니다."

조 실장은 봉사활동과 독서활동에 대해서도 설명을 이어갔다.

"봉사활동은 지속적이어야 합니다. 또 자신의 진로와도 관계가 있어야 합니다. 그저 시간 때우기 식의 봉사활동은 아무런 의미가 없습니다. 의학과를 지원하는 학생이 병원에서 가운을 정리하는 식의 봉사활동은 의미가 없다, 이런 말입니다. 오히려 지인의 도움을 받아 봉사활동을 하지 않았을까 하는 오해를 받기 쉽습니다. 예전처럼 회장, 부회장 경력도 중요하게 보지 않습니다. 물론 추천서에 리더로서의 의미 있는 활동들이 구체적으로 기록되어 있다면 점수를 받을 수 있겠지만 말입니다. 독서에서도 양보다는 질이 중요합니다. 틀에 박힌 독후감보다는 '왜' 읽게 되었는지, 자신에게 어떤 감명을 주었는지를 쓰는 것이 중요하겠지요."

조 실장은 마지막으로 목소리를 높여 학부모와 선생님에게 몇 가지를 주문했다.

"이제는 어른들이 먼저 바뀌어야 합니다. 대학입시뿐 아니라 이제 고교입시도 진학이 아닌 진로 중심으로 바뀌어 가고 있습니다. 점수가 아닌 다양성을 바탕으로 진화하고 있는 겁니다. 예전에는 수능 성적에 따라 대학과 학과가 결정되었지만, 이제는 자신의 비전과 진로를 정하고 여기에 맞춰 입시를 준비해야 한다는 것을 특히 유념하셔야 합니다. 이번 결과에서 아쉬웠던 것은 아직도 안일한 생각에서 벗어나지 못한 분들이 의외로 많다는 것이었습니다. 학생들의 특성이 전혀 드러나지 않은 형식적인 서류와 자료들은 모두 바뀌어야 합니다. 자신의 진로를 찾고, 미래를 준비하는 것이 교육의 새로운 대안입니다. 귀한 시간을 통해 이런 설명을 드릴 수 있었던 점 거듭 감사드리고, 평가를 위해 성실하게 준비한 학생들에게 격려의 박수를 보내며 평가를 마치겠습니다."

조 실장의 인사에 학부모들은 자리에서 일어나 박수를 보냈다.

결과 발표가 끝난 후 강당은 그야말로 환호의 도가니였다. 이사장 역시 기대 이상의 결과에 기쁨을 감추지 못했다. 한 선생이 이사장을 강단으로 이끌었다. 벅찬 마음으로 강단에 오른 이사장은 정중하게 청중들을 향해 허리를 굽혀 인사했다. 그들의 간절한 바람과 노력이 결실을 얻은 자리였다. 반신반의하던 학부모회에서도 이제는 믿음이 간다는 표정으로 박수를 보내고 있었다.

"여러분 모두 재단과 학생들의 미래를 위해 마음고생이 심하셨을 것입니다. 우리는 진로교육이라는 새로운 과제를 안고 쉽지 않은 길을 걸어왔습니다. 지금 그 도전이 가져온 놀라운 결과 앞에서 저는 말로 표현할 수 없는 감동을 느낍니다. 하지만 우리는 이제 출발선에 섰을 뿐입니다."

이사장의 목소리는 한껏 고조되어 있었다.

한 선생은 그런 이사장의 모습을 바라보면서 뿌듯함을 느꼈다.

결과는 한 선생의 예상보다도 훨씬 더 고무적이었다. 냉정하게 판단하기로 유명한 조 실장의 호평에 한 선생도 놀라움을 감출 수 없었다. 한 선생에게는 학생과 학부모들의 변화가 가장 큰 힘이 되었다. 그들의 도움이 없었다면 이런 성과를 얻을 수 없었을 것이다. 그러나 이제 시작일 뿐이었다.

"이제 약진재단은 진로교육의 선두주자로 거듭날 것입니다. 남들이 하지 못하는 것을 우리는 과감하게 시작할 것입니다. 가장 큰 일을 해내신 분은 여기 계신 한신풍 선생님입니다."

한 선생이 자리에서 일어나 청중들을 향해 인사했다. 우레와 같은 박수가 쏟아지며 함성이 터져 나왔다. 이사장은 한 선생을 강단으로 이끌었다. 수많은 학생과 학부모들 앞에서 약진재단의 새로운 비전을 선포하라는 의미였다. 한 선생은 강단에 올라서서 침착한 목소리로 앞으로의 비전을 설명하기 시작했다.

"재단에서는 학생들의 진로에 대한 데이터베이스를 구축할 것입니다. 이제까지의 자료를 조사해, 현장에서 꿈을 이룬 선배들의 경험을 토대로 미래를 그려나갈 수 있도록 할 것입니다.

물론 약진 초등학교의 학생들도 체계적인 진로지도를 받을 수 있도록 제안할 것이며, 부족한 점은 끊임없는 수정과 검증을 통해 보완해 나갈 것입니다. 아직은 부족한 점이 많습니다만, 서로 마음을 모은다면 우리들의 미래는 반드시 밝을 것입니다.

또한 아이들을 맡고 계신 선생님들이 진로교육을 위한 과정을 수료하실 수 있도록 적극적으로 지원할 것입니다. 10년 후에는 '진로경로 데이터베이스'도 체계화되어 학생들에게 적용할 수 있게 될 겁니다.

봉사활동, 경시대회, 출품과 공모, 외국어 교육, 컴퓨터 교육, 논술 및 구술 교육 등 아이들의 교육과 관련된 활동들을 총망라하여 목표를 세우고 선생님과 같이 실천할 것입니다. 저는 이 활동을 평생진로교육Education navigation이라 부르고 싶습니다. 세상에는 직업도 많고 정보도 다양합니다. 사교육 시장에서는 국영수사과를 비롯하여 예술, 체육까지도 배우고 준비해야 한다고 말합니다.

하지만 그 모든 것을 잘할 수는 없습니다. 대부분의 우리 아이들은 자신의 적성에 맞는 한 가지에 목표를 두고 집중하는 것이 최선입니다. 수많은 직업과 정보들 중에 우리 아이에게 지금 이 시점에서 필요한 것을 정확히 가르치는 교육 방법이 바로 평생진로관리입니다."

한 선생의 목소리가 떨리고 있었다. 그것은 재단과 아이들의 미래에 대한 확신과 설렘 때문이었다.

미래로 가는 꿈길

약진재단의 정문에는 '학부모 설명회'라고 적힌 커다란 현수막이 걸려 있었다. 약진재단이 진로교육 중심학교를 선포한 지 10년째였다. 언론의 취재 경쟁이 벌어질 정도로 큰 관심을 받고 있던 터라, 강당에는 이미 많은 사람들이 모여 있었다.

한 실장은 상담센터에서 이 광경을 내려다보고 있었다. 10년 전 모의평가가 있던 날을 떠올리면 여전히 가슴이 뛴다. 만약 그때 결과가 좋지 않았다면 지금의 약진재단은 결코 존재하지 않았을 것이다. 그 사이 약진재단은 자신의 진로를 찾고 준비하는 학생들의 열정이 넘치는 학교로 바뀌어 있었다. 선생님들도 프로그램에 대한 철저한 이해를 통해 상담센터와 밀접한 관계를 맺고 있었다.

이사장은 한 실장과 함께 교정을 내려다보았다.

"10년이란 시간은 정말 강산도 변하게 하는군요. 안 그래요?"

한 실장도 감회에 젖은 목소리로 대답했다.

"예. 이만큼 변할 수 있었던 것이 어디 시간 덕분만이겠습니까? 재단의 지원이 없었다면 불가능한 일이었습니다."

"그래요. 모든 것이 학생을 중심으로 연결되어 있었기 때문에, 프로그램의 활성화 과정에서 더 큰 변화가 일어났던 것 같아요. 학벌만을 고집하던 학부모들의 마음속에도 새로운 교육열이 자리잡기 시작했고, 학생들은 자신의 진로를 향해 달리고 있지 않습니까?"

"인근의 학교에서도 이 프로그램을 적극적으로 검토하고 있다는 말을 들었습니다. 다른 지역에서도 상당한 관심을 보이고 있고요."

"맞아요. 공식적으로 지원해달라는 공문을 받기도 했습니다. 약진재단은 이제 진로교육을 선도하는 학교가 되었어요. 하하."

한 실장과 이사장은 서로 마주보며 웃었다. 약진 초등학교의 재능교육도 차츰 가시적인 결과를 이끌어내고 있었다. 10년 전 한 실장이 구상했던 일들이 조금씩 현실로 이루어지고 있었다. 상담센터는 설명회 준비로 바쁘게 움직이고 있었다. 초등학교와 중학교를 모두 전담하는 곳이었기에, 그 규모도 작지 않았다. 그

190

곳의 총 책임을 맡고 있는 것이 한 실장이었다.

"활력이 넘치는 학교, 다양한 인재들이 꿈을 키우는 곳"

신문에서 소개한 것 이상으로 약진재단은 활력이 넘쳤다.

한 실장은 자신의 방에 들어가 책상 앞에 앉았다. 책상 위에 놓여 있는 사진 한 장이 눈에 들어왔다. 한 실장은 빙그레 웃으며 사진을 집어 들었다. 10년 전 프로젝트에 참여했던 학생들이 한 실장을 향해 환하게 웃고 있었다. 이제는 어엿한 사회인이 되어, 자신의 목표를 향해 정진하고 있었다. 아직은 예비 전문가들이지만, 그들의 노력은 멈추지 않을 것이다.

한 실장은 눈을 감았다.

이제 강당의 조명은 희미하게 바뀌었다. 10년이란 시간은 아이들의 모습을 까마득하게 바꾸어 놓았다. 강당은 잠시 술렁이다가 이내 환호성으로 가득찼다.

이제 최고의 인기를 누리고 있는 다혜의 영상이 나왔기 때문이었다. 다혜는 이제 단순한 아이돌 스타가 아니었다. 음악은 물론 연기에서도 높은 평가를 받고 있었다. 환하게 웃고 있는 다혜의 모습에 한 실장은 눈시울이 뜨거워졌다.

"사실 처음에는 막막하기만 했어요. 오디션에 수없이 떨어지고 나니까 자신감은 점점 없어지고 어떻게 해야 할지를 몰랐던 것 같아요. 그런 저에게 기회를 준 것이 바로 중학교 때의 프로젝트였어요. 정말 감사한 일이죠.”

자신의 경험을 이야기하는 다혜의 모습은 강당 안의 수많은 예비 스타들의 가슴을 두근거리게 할 것이다. 곁에 앉은 이사장도 흐뭇한 표정을 지었다.

이어 다혜는 자신의 연습실로 향했다. 어려움이 없었다면 거짓말일 것이다. 강한을 만나기까지 여러 번의 고비를 넘겼던 기억이 떠올라 다혜는 눈가를 붉혔다.

“저는 아직도 정해진 시간을 연습실에서 보내요. 연기를 공부하기 위해서는 그만큼 시간을 더 내야만 하지요.”

환하게 웃는 다혜의 영상이 지나가자, 아쉬움 섞인 탄성이 들려왔다. 다혜는 진수와 진영의 도움을 받아 외국 음반회사와도 계약을 체결해 국제적인 인지도를 쌓고 있었다.

다혜의 영상에 이어 이번에는 어디론가 바쁘게 움직이는 진수의 모습이 화면에 나타났다. 강당은 다시 조용해졌다. 진수는 ‘글로벌 컬처리스트’로 활약하고 있었다. 그는 문화부에서 주관하는 글로벌 프로젝트의 청년 책임자였다. 회의를 준비하는 도중에 잠깐 촬영한 듯, 손에는 서류를 가득 든 채 미소짓고 있었다.

“저는 여러 분야의 기획에 참여해 인재를 발굴하고 있어요. 제꿈을 모두 이루려면 아직 멀었어요. 더욱 열심히 노력해서 제가 꿈꾸던 최고의 전문가가 될 것입니다. 여러분도 자신의 꿈을 향해 도전하세요."

"한국의 문화 전도사라는 별명도 있잖아요?"

진영의 목소리라는 것을 한 실장은 단번에 알아차렸다. 이 영상을 준비한 사람이 바로 진영이었다. 진영은 방송국의 프로듀서로 일하고 있었다. 직접 영상을 담고, 후배들을 위해 보내 준 것이다. 진영의 말에 진수는 멋쩍은 표정으로 카메라를 가렸다. 아들의 밝은 모습에 이사장은 손수건을 꺼내 눈가를 닦았다.

"이제 어엿한 사회인이 되었네요."

"고맙소. 한 실장."

이사장은 가슴이 벅찬 듯 짧게 대답했다.

영상은 이제 축구장으로 바뀌었다. 전 국민을 열광케 했던 장면인지라, 그 열기가 고스란히 강당으로 전해졌다.

"고정혁 선수는 이미 미드필더 겸 섀도 스트라이커로 확실하게 자리잡고 있어요. 한국 축구의 미래라고 해도 지나치지 않습니다. 아, 고정혁 선수 유연하게 볼을 잡고 밀고 나갑니다."

강당 안에서는 박수가 터져 나왔다. 정혁은 하강주 감독이 이끄는 프로축구팀의 주장을 맡아 해외 언론과의 인터뷰 때마다 자신의 영어 실력을 유감없이 발휘하고 있었다. 축구화를 벗으며 카메라를 바라보는 정혁의 얼굴에는 피곤함보다는 만족감이 가득했다.

"오늘 경기 어땠나요?"

"솔직히 조금 아쉬웠어요. 다음 경기에서는 더 멋진 모습을 보여드리겠습니다."

"요즘도 공부를 열심히 한다고 들었는데요?"

"네, 제가 꿈꾸고 있는 미래를 만들기 위해서입니다."

"그 미래를 좀 더 구체적으로 말씀해 주시죠?"

"스포츠 매니지먼트나 마케팅 종합기업에 관심이 많아서요. 그것을 준비하기 위해 지금부터 공부를 하는 것입니다. 은퇴 후를 대비한다고 할까요? 너무 이른가요? 하하."

앞으로도 선수로 활약할 시간이 많이 남아 있었다. 하지만 정혁은 늘 자신의 미래를 꼼꼼하게 준비하던 학생이었다. 이제는 지속적인 관리를 통해 더 큰 꿈을 향해 나아가고 있었다. 정혁은 다시 연습을 시작했다.

한편 동재는 금융전문가로 성장했다. 차분한 성격이었던 동재는 국내외 금융관계자들과 진지한 회의를 하고 있었다. 가끔 영상을 향해 손을 흔들어 보이기도 했다. 이미 외국계 금융회사에서 인정받고 있는 그였다. 여유로운 표정의 동재가 카메라 앞으로 다가왔다.

"꿈은 이루어집니다. 여러분."

짧은 메시지와 함께 동재는 카메라를 향해 윙크를 해 보였다.

"뭔가 아쉬워요. 안 그래요?"

자료를 준비하며 편집을 하고 있던 진영의 모습이 갑자기 화면에 나타났다. 이젠 진영 자신을 소개할 차례였다.

"저는 프로듀서로 일하고 있어요. 영상은 잘 보셨나요? 약진재단의 프로젝트에 참여했던 친구들입니다. 서로 촬영 일정을 잡는 것도 사실 쉽지 않았어요. 약진재단의 후배들에게 값진 영상을 선물하고 싶었는데, 조금 아쉬움도 남아요. 저는 지금 김진수씨와 함께 드라마, 영화 작품들을 수익 사업화하는 프로젝트를 진행하고 있어요. 물론 제 일에 만족하고 있답니다. 아직은 어머니의 요리만큼 조화롭고 행복한 작품을 만들지못했지만, 언젠가는 꼭 그런 작품을 만들 거예요."

강당에서는 박수갈채가 쏟아졌고, 환호성이 이어졌다. 한 실장은 자리에서 일어설 수가 없었다. 이제까지 진로교육을 통해 사회로 나간 학생들의 진로 맵도 완성되어 후배들의 교육에 큰 자료로 활용되고 있었다. 감회가 새로웠다. 이사장이 한 실장의 어깨를 가볍게 두드렸다.

"한 선생, 단상에 오를 때가 된 것 같은데요?"

이사장의 말에 감았던 눈을 뜨자, 어느새 다섯 멤버들이 무대에 나와 한 실장을 기다리고 있었다. 강당은 다시 환호성으로 가득 찼다.

내일의 나를 부탁해

초판 1쇄 인쇄 2011년 7월 15일
초판 11쇄 발행 2022년 4월 21일

지은이 송영선
펴낸이 김선식

경영총괄 김은영
콘텐츠사업7팀장 김민정 콘텐츠사업7팀 김단비, 권예경
마케팅본부장 권장규 마케팅1팀 최혜령, 오서영
미디어홍보본부장 정명찬 홍보팀 안지혜, 김은지, 박재연, 이소영, 이예주, 오수미
뉴미디어팀 허지호, 박지수, 임유나, 송희진, 홍수경
저작권팀 한승빈, 김재원, 이슬 편집관리팀 조세현, 백설희
경영관리본부 하미선, 이우철, 박상민, 윤이경, 김재경, 최완규, 이지우, 김혜진, 오지영, 김소영, 안혜선, 김진경

펴낸곳 다산북스 출판등록 2005년 12월 23일 제313-2005-00277호
주소 경기도 파주시 회동길 490 다산북스 파주사옥
전화 02-704-1724 팩스 02-703-2219 이메일 dasanbook@dasanbooks.com
종이 한솔피앤에스 출력·인쇄 갑우문화사 후가공 이지앤비 특허 제10-1081185호

ISBN 978-89-6370-605-4(03810)

다산북스(DASANBOOKS)는 독자 여러분의 책에 관한 아이디어와 원고 투고를 기쁜 마음으로 기다리고 있습니다.
책 출간을 원하는 아이디어가 있으신 분은 다산북스 홈페이지 '투고 원고'란으로 간단한 개요와 취지, 연락처 등을 보내주세요.
머뭇거리지 말고 문을 두드리세요